Michael Markaris

Mykonos Love Story 3

Morgenröte über Mykonos

AF187546

Michael Markaris

MYKONOS LOVE STORY 3

Morgenröte über Mykonos

Kommissar Pandis und Angelos

Bisher erschienen (oder in Kürze)
Band 1 „Griechische Brandung"
Band 2 „Jenseits von Mykonos"
Band 5 „Mykonos Love Story 1"
Band 6 "Mykonos Love Story 2 – Das Goldene Ei"
Band 7 "Mykonos Love Story 3 – Morgenröte über Mykonos"
Band 8 "Mykonos Love Story 4 – Mykonos Speed"
(Band 9 „Mykonos Love Story 5 – Rape")

Impressum
Titelbild: istockphoto, Karte Wikivoyage
Copyright Michael Markaris
ISBN 9783748112037
Herstellung und Verlag:
BoD- Books on Demand, Norderstedt

Das Mykonos-Sextett besteht aus den Bänden „Griechische Brandung" und „Jenseits von Mykonos" sowie der „Mykonos Love Story" 1, 2, 3 („Morgenröte über Mykonos"), 4 („Mykonos Speed") Und 5 („Rape")

Jeder Band behandelt einen abgeschlossenen Fall, sodass die Bände nicht in der Reihenfolge gelesen werden müssen.

Lediglich die vier Bände „Mykonos Love Story 1,2 und 3 „Morgenröte über Mykonos" sowie 4 „Mykonos Speed" und 5 „Rape" (Band 5 bis 9) gehören thematisch zusammen, da in ihnen die Beziehung zwischen Kommissar Pandis und seinem Geliebten (und späteren) Ehemann Angelos das Grundthema darstellen. Die ersten zwei Bände, also die reinen Kriminalromane, wurden von Sven M. Schlick verfasst, die Bände 5-9 von Michael Markaris. Die Bände 3 und 4 können aus juristischen Gründen erst zu einem späteren Zeitpunkt erscheinen.

Am Ende von „Mykonos Love Story" sind Kommissar Pandis und Angelos gestorben. Der dritte Teil ist das zweite Prequel und behandelt die (glücklichen) Monate vor den tragischen Ereignissen.

Während Band 1 auf wahren Begeben-heiten beruht, sind die Prequels hinsichtlich der Kriminalfälle natürlich Fiktion.
Dort, wo private Momente zwischen Paul Pandis und Angelos geschildert werden, entsprechen die Darstellungen aber ohne Abstriche der Wahrheit.

Paul Pandis, 53, ist Leiter der Polizei Mykonos.

Angelos Markaris, 28, ist Mitarbeiter beim Geheimdienst FYP und – wohl wichtiger – Pandis´ Ehemann

Und offensichtlich hat auch fulminanter Sex eine positive Wirkung nicht nur auf Geist, sondern auch auf die körperliche Konstitution. Und der Sex war harte Arbeit. Weniger für ihn, als für Angelos, dem es offensichtlich Spaß machte, alles zu geben. Und das war viel.

Herrje, wenn er an das 5-Minuten-Ritual mit seiner Frau dachte. Welch Welten lagen da dazwischen.

„Was denkt mein Kommissar?", kam die Frage von rechts.

„Dass ich glücklich bin. Punkt! Muss ich noch den Satz „Du bist der Beste" anhängen?"

Angelos grinste.

„Nein. Das hast Du heute schon einmal gesagt. Das reicht… Obwohl ich es gerne höre!"

Pandis lachte.

Eitel. Ja. Aber Pandis mochte das. Angelos achtet auf sich und weiß um sein Aussehen. Umso erstaunlicher, dass er sich in Paul verliebt hatte und absolut treu war. Da war kein Zweifel.

Zwei Dinge aber nagten mitunter an Pandis.

Zum einen war es Angelos´ Beruf. Er musste alle 5 bis 6 Wochen zu einem Einsatz. Und jedes Mal war Paul paralysiert – bis Angelos heil zurückkam. Was würde er tun, wenn Angelos etwas passierte? Er würde es definitiv nicht überleben – wollen. Und von ihm zu verlangen, seinen Job aufzugeben? Nein. Pandis wusste, dass Angelos seinen Beruf liebte. Und das musste Paul akzeptieren, mit allen schrecklichen Folgen.

Zum zweiten irritierte ihn, dass er selber auf andere Männer überhaupt nicht reagierte. Er schaute nicht, er verspürte keine Erregung, nichts. Schwul war etwas anderes. Gibt es Sexualität, die sich nur auf einen Menschen bezieht? Frauen machten ihn auch nicht mehr an. Das war doch seltsam.

Angelos hingegen registrierte die Blicke und musste meist lachen. Zur Stärkung seines Selbstbewusstseins brauchte er es nicht. Und trotz der großen Konkurrenz am South Beach war er ein Blickfang. Zum Spaß lief Pandis einmal fünf Meter hinter ihm. Und musste feststellen, dass sich haufenweise Männer eine Halswirbelverrenkung zuzogen.

„Hättet Ihr wohl gerne! Pech gehabt. Meiner!"

Aber er sah in dem weißen Leinenanzug auch aus wie …
Und in dem Augenblick bekam Herr Kommissar eine Erektion. Natürlich drehte sich Angelos genau in diesem Moment um, sah es und lächelte.
Er ging die paar Meter zurück und flüsterte Paul ins Ohr: „Ich habe ein Sexmonster geheiratet. Aber Du musst schon bis nach dem Essen warten!"
Wenn´s denn sein muss.

2

Ihm half natürlich, dass Angelos jeden
Annäherungsversuch im Keim erstickte und
immer demonstrativ zu Paul ging.

Gezahlt hatte den Urlaub natürlich er.
Pandis hätte ihn sich von seinem Gehalt
nicht leisten können. Angelos locker.
Betuchte Familie und Dreifaches Gehalt.
Gleich zu Beginn hatte er verkündet: „Den
Satz: 'Das kann ich nicht annehmen, will ich
NIE hören. Ich kann falschen Stolz nicht
ausstehen. Ich habe das Geld, ich liebe
Dich und damit ist diese Diskussion ein für
alle Mal beendet'."
Als Pandis zu einer Antwort ansetzte, ging
sein „Großer" dazwischen.
„Bei uns gibt es kein Dein und mein. Wir
gehören zusammen. Wenn ich fort bin,
denke ich nicht mehr an ein leeres
Zuhause, so wie früher, sondern an Dich
und Deine Wohnung. Und dafür bin ich
dankbar. Und ich habe absolut keine Lust
auf andere Männer. Warum auch?"

Pandis hatte seit dem Beginn ihrer
Beziehung allerdings ein weiteres Problem.
Er war seitdem nah am Wasser gebaut. Er
konnte ohne jede Regung abgetrennte

Köpfe und gehäckselte Körper betrachten, war auch im Umgang mit Hinterbliebenen mitunter ruppig und taktlos, aber seltsamerweise schaffte es Angelos immer wieder, ihn zum Weinen zu bringen. Schönes Weinen.

Und Angelos liebte es, weil es ihm zeigte, dass er etwas richtig gemacht hatte.

„Ah, es kommen Tränen. Wie ich Dich dafür liebe!"

Und so lagen die beiden glücklich Tausende Kilometer von Mykonos entfernt in ihren Sonnenstühlen und dachten keine Sekunde an den griechischen Alltag.

3

Auf dem Rückflug nach Athen sorgte
Familie Pandis für ungewolltes Aufsehen.
Die beiden Herren lagen in ihren Sesseln in
der ersten Klasse und – hielten im Schlaf
Händchen.
Was sie sonst nie taten.

Während die anderen Passagiere davon
nichts mitbekamen, war es ein Heidenspaß
für die Cabin Crew.

„Gott, sind die süß!"
„Sollen wir sie wecken?"
„Bist Du verrückt?"
„Himmel, sieht der gut aus", meinte der
schwule Flight attendant.
„Aber wirklich, schade, dass er für die
Frauenwelt verloren ist."
„Trotzdem süß."
Im Tiefschlaf murmelte Pandis plötzlich
„Vergesst es. Meiner!"

Noch nie hatte eine Cabin Crew nach dem
Erreichen des Gates so gelächelt wie an
dem Tag.

„Was haben die denn?", fragte Angelos.

„Freundliche Fluggesellschaft, muss man schon sagen", erwiderte Pandis.
Beim Passieren der Türe sagte der schwule Flight attendant zu Pandis: „Mann, haben Sie ein Glück!"
Was will der von mir?

4

Dienstag

Er fror.
Es war furchtbar kalt.
Und dunkel.
Er war ohnmächtig gewesen.
Jetzt wachte er langsam auf.
Und sein Sehvermögen kehrte langsam
zurück.
Er war ...
...in einer Kirche.
Er lag mit dem Rücken auf etwas und war
gefesselt.
Und konnte den Kopf nur unter großer
Anstrengung heben.
Was war hier los?
Ich bin doch nur ein deutscher Tourist?
Es muss ein Missverständnis sein.
Er konnte sich nur an einen Schlag erinnern.
Dann das große Nichts.
Er hörte Schritte.
„Hellas Heil,
Chrysi Avgi,
es lebe die Goldene Morgenröte!"
Dann hielt einer der Männer seinen Kopf
hoch.
Der Andere rammte ihm zwei dünne,
orthodoxe Gebetskerzen in die Nase.

Und zwei weitere in die Ohren.
Schon der Schmerz in der Nase war wie ein
Tornado im Gehirn.

Doch als sie die Trommelfelle durchstießen,
wurde er ohnmächtig vor Schmerz.

Chrysi Avgi!

5

Mittwoch

Da läutete das Telefon.
Pandis verzog das Gesicht.
Er hasste dieses Gerät.
Kaum gelandet, standen sie gerade am
Gate in Athen für den Weiterflug.

Dementsprechend gereizt nahm er den
Anruf an.
„Pandis."
„Hallo, Chef." Giorgos.
„Ich brauche Ihre Hilfe in der Kirche."
„Wieso? Ist der Pope ins Taufbecken
gefallen? Himmel, Giorgos, ich stehe noch
im Flughafen in Athen. Wo zum Teufel habe
ich denn einmal Ruhe vor euch?"
Back to life.
„Der Pope ist es nicht. Aber auf dem
Taufbecken liegt eine Leiche. Mit Kerzen in
den Ohren und Nasen."
Pandis glaubte nicht, was er da hörte.
Er dachte immer, Rom und Dan Brown
lägen weit entfernt.
Denkste!
„Giorgos, sperr´ die Kirche ab und schmeiß´
den Popen raus. Wir müssen noch nach
Mykonos."

Und das kann mit Ryanair dauern.

Sind zwar nur 22 Minuten Flugzeit, aber …

„Ladies and Gentlemen, the boarding for flight 582 to Mikonos will be delayed due to late arrival of the aircraft."

Aha.

Angelos lachte.

„Den Spruch höre ich bei jedem Flug zu Dir!"

6

Mittwoch

Kommissar Paul Pandis starrte auf die
Leiche. Lieber Gott. Im Wortsinn. Wo warst
Du, als dieser arme Kerl so traktiert wurde?
Er hoffte nur, dass der Messerstich zuerst
kam und ihm erst dann die Kerzen ins Ohr
und in die Nase gerammt wurden.
All das in der Panagia Theotokos
Pigadiotissa, der Bischofskirche von
Mykonos.
Bischofskirche war etwas übertrieben, denn
sie war klein, eher eine Kapelle.
Zumindest hatten die Täter ihr Arrangement
nicht in Agios Nicolaos aufgebaut.
Direkt an der Uferpromenade hätte es
einen Touristen-Tsunami zum Flughafen
gegeben. Die Panagia lag unterhalb der
Windmühlen, direkt an einem kleinen
Strand, der aber von Gästen nur selten
besucht wurde.
Das Würgen von Pater Nikitas konnte man
sogar innen hören. Pandis hatte das Über-
geben schon hinter sich.
Das Opfer lag gefesselt auf dem Taufbecken. Je eine dünne, griechische Altar-
kerze in Ohren und Nase. Aus allen drei
Öffnungen war Blut ausgelaufen und nicht

zu wenig. Es war schon verkrustet und bröselte ab. Auch ohne Pathologen wusste Pandis, dass der Tod vor Mitternacht eingetreten war.
Besser eingetreten wurde.

Das Opfer war definitiv kein Grieche. Der Körper wies an mehreren Stellen Sonnenbrand auf, mit Rändern im Ärmelbereich. West- oder Mitteleuropäer.

Katsakis, der Pathologe, würde ihm die Hölle heiß machen. Seiner Meinung nach war Pandis daran schuld, dass es auf Mykonos keine normalen Leichen gab. Also so etwas wie ein simpler Kopfschuss oder das in Griechenland sehr beliebte Beil im Kopf, vorzugsweise verwendet bei familiären Diskussionen. Hohe Trefferquote bei Schwiegermüttern.

„Giorgos. Wann kommt Katsakis?"
„Um 17.15 Uhr mit..."
„...Ryanair. Also nicht vor halb sieben."
„Eher später. Es gab einen Aircraft-Change in Athen."
Aircraft-Change? Kann man nicht einfach sagen: das Flugzeug war kaputt!

7

Er ging zu Pater Nikitas nach draußen.
Der lehnte an der Kirchenmauer und war
weiß wie ein Blatt Papier.
Zurückholen ins Leben.
„Wann haben Sie den Toten gefunden?"
„Als ich die Vorbereitungen für die
Frühmesse traf, so gegen halb sechs.
Zunächst habe ich gedacht, da liegt eine
tote Ziege."

„Kennen Sie den Mann? Jemand aus Ihrer
Gemeinde?"
„Nie gesehen. Weder bei mir noch
drüben!"
„Drüben?"
„Ja, die katholische Kirche liegt gleich
nebenan."
Wie praktisch für das Seelenheil. Findet man
orthodox keine Erlösung, dann probiert man
es eine Türe weiter, dachte Pandis.
„Wann kommt die Leiche weg?", fragte
der Pater.
„Nicht vor 22 Uhr."
„Waaas? Das geht unter keinen Umstän-
den. Ich habe um 14.00 Uhr Taufe.
Bis dahin muss das weg sein!"
„Da muss ich Sie enttäuschen. Das da darf
nicht bewegt werden, bis die
Spurensicherung hier war!"

„Wie soll ich denn dann taufen?"

„Ihnen wird schon etwas einfallen. Nehmen Sie eine Tupperschüssel aus der Küche."

Pater Nikitas starrte ihn wütend an.

„Die wird wohl kaum geweiht sein!"

Das war nun wirklich nicht das Problem der Polizei.

„Dann war das ein schweres Versäumnis. Soll doch der Bischof eine Fernweihe vornehmen."

Nach kurzer Pause fügte Angelos hinzu:

„Oder gehen Sie mit der Taufe nach drüben!"

„So ein Vorschlag kann nur von einem …"

Und so kam der Pater zu seinem ersten blauen Auge, verpasst von Herrn Angelos Markaris.

„Dafür kommst Du aber nicht in den Himmel", meinte Pandis grinsend.

„Ach was, vielleicht ist Gott auch schwul!"

Pandis blickte auf die Leiche und beschloss, erst mit Katsakis Essen zu gehen. Auf nüchternen Magen war das hier selbst für einen Leichenschnippler über der Toleranz-schwelle.

„Lasst die Lampen stehen. Vor neun werden wir nicht hier sein. Und um halb zehn brauche ich den Transporter.

Er fragte sich, ob die Leiche mit den Kerzen im Ohr in die Tiefkühltruhe im Rathaus passen würde.

8

Mittwochabend

„In spätestens 48 Stunden weiß es die ganze Insel – einschließlich der ganzen Fremden."
Mit Fremden waren die Touristen gemeint.
„Und nach Aktion 2 und 3 wird die Insel bereit sein", sagte die zweite Person am Tisch.
Da hatte Person 1 ihre Zweifel. Aber das war nicht der Punkt.
„Wie stehen unsere Chancen bei der Wahl am Sonntag?"
Was für eine dumme Frage.
„Vielleicht zehn Prozent."
Die zweite Person machte ein entsetztes Gesicht.
Person 1 lachte.
„Aber die Wahl interessiert uns nicht. Unser Konzept ist ein anderes. Chaos und dann werden wir gerufen."

In Athen, nein, im ganzen Land, herrschte doch schon Chaos, Korruption und Wut.
Die ideale Mischung für Leute wie uns.
Leute, die für Ordnung und Gerechtigkeit sorgen. Und zuerst das ganze Zigeuner-gesindel zurück nach Rumänien und dann

die Schwarzen nach Afrika deportieren würden. Sofort wäre Schluss mit Kriminalität. Sogleich kümmern wir uns dann um die politischen Gegner. Die Deportation auf eine einsame Insel wie unter der Diktatur war ein probates Mittel.

Die erste Person wandte sich an die zweite.

„Spätestens nach Aktion 3 musst Du aber verschwinden. Unsere Leute werden sich um Dich kümmern. Und natürlich bekommst Du ein bisschen Geld."

Person 2 lächelte.

„Und wenn wir die Insel übernommen haben? Werde ich dann Bürgermeister oder so etwas?"

„Gemach, gemach. Man soll das Fell des Bären…"

Person 2 schaute verdutzt.

„Auf Mykonos gibt es doch gar keine Bären."

Herrgott, war der dämlich. Das geht doch auf keine Kuhhaut. Aber solche Leute brauchen wir. Die tun, was wir ihnen sagen. Und das ohne nachzudenken. Womit auch. Da bestand bei 2 keine Gefahr.

Ein Einzeller wie aus dem Lehrbuch!

„Vergiss es. Du packst auf mein Signal Deine Sachen. Dann kümmern wir uns um Deine Flucht."

„Wo geht´s denn hin?"
Saublöde Frage.
„Nach Zypern natürlich."

9

Donnerstagabend

„Herzlich willkommen, mein lieber Katsakis!"
Katsakis schaute mehr als finster.
„Wenn ich hier willkommen wäre, würde
man mir nicht jedes Mal Leichen präsen-
tieren, die verdächtig nach ‚Jack the
Ripper' aussehen."
Pandis sagte nichts. Er wusste ja, wie die
Leiche aussieht und wie Katsakis reagieren
würde.
Der fluchte munter weiter.
„Und dann jedes Mal dieses Chaos beim
Flug! Man könnte meinen, man fliege nach
Timbuktu."
„Tja, dafür kann ich nun wirklich nichts."
„Heute war der Abschuss. Da wäre ich über
Wien schneller gewesen. Drei Stunden statt
22 Minuten!"
Katsakis redete sich in Rage. Und das schon
ohne Leiche.
„Zumindest sind Deine Leichen mittlerweile
gekühlt."
„Es sind noch immer Deine Leichen! Und
eine solche schaut nicht besser aus, nur
weil sie gekühlt ist."
Pandis lächelte.

„Aber sie riecht weniger. Und wenn sie schon ein paar Öffnungen haben, hast Du weniger Arbeit!"

„So? Die letzte war nicht geöffnet. Sie bestand aus Einzelteilen mit den Nummern 1 bis 36!"

Da hatte er leider recht.

Theodorakis Junior war nicht mehr „in Form". Das Lächeln des abgetrennten Kopfes sucht ihn heute noch mitunter heim. Nun, diesmal war der Kopf noch dran, aber…

„Komm, wir gehen erstmal essen."

Das schien Katsakis zu beruhigen.

Klar, bei Ryanair gab es ja nichts.

10

Freitagvormittag

Aber selbst Katsakis war bei dem Anblick
sprachlos.
Allerdings nicht für lange.
„Pandis! Ich sage Dir, mit dieser Insel stimmt
etwas nicht. In früheren Zeiten hätte man
geglaubt, es läge ein Fluch über diesem
Eiland. Und wahrscheinlich hätte man
früher prophylaktisch die gesamte
Bevölkerung massakriert. Sozusagen als
Vorsichtsmaßnahme."
Katsakis zeigte auf die Leiche.
„So etwas gibt es nicht mal in ‚Illuminati'.
Obwohl die Leichen da auch in Kirchen
lagen."
„Das war bei ‚Sakrileg', Du Experte!"
Oder? Egal.
„Sag mal, ist Dir schon mal der Gedanke
gekommen, dass es an Dir liegt? Vor Dir war
ich fünf Jahre nicht auf Mykonos.
Und nicht, dass ich es vermisst hätte!"

„In Piräus gab es fast keine Morde trotz
meiner Abwesenheit."
Was nicht ganz stimmte, Aber es waren,
was Katsakis ‚normale Morde' nannte.

„Also gut. Fangen wir an, dass ich mich am Wochenende von dieser Insel erholen kann. Und bevor die nächste Leiche auftaucht. Aber im Ernst: wenn ich das sehe, glaube ich nicht, dass es bei *einem* so kunstvollen Arrangement bleiben wird!"

Pandis knurrte.

„Ein Ritualmord? Welches Ritual sollte das sein?"

„Ja nun, normalerweise weiß das nur der Ritualmörder. Aber ich würde vorsorglich alle Kirchen schließen lassen!"

„Super Idee! Eine Woche vor Pfingsten. Vor allem wäre das nun wirklich eine vertrauensbildende Maßnahme, Dann flüchtet alles von der Insel!"

„Das wäre ohnehin die beste Lösung", meinte Katsakis lächelnd.

„Gut, also der Messerstich kam zuletzt. Er wurde zuerst gefoltert und dann erstochen. Armer Kerl"

Katsakis und Mitleid?

„Erstaunlich, dass die dünnen Kerzen nicht abgebrochen sind."

„Ich denke man hat erst einen Holzstab verwendet und dann die Kerzen nachgesteckt," sagte Pandis.

„Das wird ja immer grusliger. Stimmt Deine Theorie müsste ich kleine Späne finden. Gott, dieser arme Teufel!"

„Ok, Jungs, verpacken und in die Kühlung. Und dann Sonntag aufs Schiff. Hubschrauber kann ich keinen mehr nehmen. Und Ryanair fliegt mir den armen Kerl wahrscheinlich nach Kasachstan! Obwohl … Hauptsache, sie bringen mich weg – schnell und weit von hier!"
Katsakis schaute finster drein – also wie immer.
Pandis verzog das Gesicht zu einem Grinsen.
Da hörte er ein ungeduldiges Hüsteln.
Pater Nikitas stand hinter ihm.
Samt einem Putztross von drei Matronen.
„Könnten wir jetzt bitte unser Taufbecken zurückhaben?"
„Ich bin beeindruckt, Pater, wie sehr sie für die Seele des Opfers beten. Aber wahrscheinlich besagen die Kirchengesetze, dass man bei Katholiken oder Protestanten nicht um Fürsorge bittet. Und nebenbei: muss nach einem solchen Verbrechen das Becken nicht neu geweiht werden?"

Mit dieser Frage war Pater Nikitas die nächsten Stunden beschäftigt. Und sein zuständiger Bischof auch. Letztlich musste der Kosmopolit, Seine Heiligkeit Bartolomeo, die Entscheidung treffen. Scheuerpulver würde reichen.

Pandis und Katsakis gingen ins Freie.

„Du bist immer willkommen auf der Insel der Reichen und Schönen!"
„Wohl eher Insel der Dämonen und Irren!"

11

Freitagnachmittag

„Pandis? Hier Nikos!"
Stille.
Angelos´ Chef. Er muss weg.
Es ist wieder soweit.
„Pandis? Bist Du noch da? Zu Deiner
Beruhigung: nein, er muss nicht weg."
Ausatmen.
„Mein Gott, das Aufatmen konnte man
selbst am Telefon hören. Hallo?"
Erst jetzt konnte Paul wieder sprechen.
„Entschuldige, ich bin ..."
„...verliebt und erschrocken. Verstehe ich
ja. Aber Angelos bleibt erstmal bei Dir. Aber
ehrlich. Du machst ihm seine Arbeit nicht
leichter, wenn Du jedes Mal in ein Loch
fällst, wenn er gehen muss. Er fühlt sich
dann schlecht und das ist gefährlich.
Gefährlicher vielleicht als die eigentliche
Lage vor Ort. Du musst ihn unterstützen,
sonst geht das irgendwann in die Hose! Den
Spagat hält kein Mensch aus!"
Autsch.
„Hallo? Paul?"
„Ja. Entschuldige. Ich muss doch erst
nachdenken über das, was Du gesagt hast,
bevor ich losplappere."

Obwohl das heute scheinbar niemand mehr macht.

„Ich sterbe jedes Mal vor Angst. Das kann ich nicht wegwischen. Du kannst das nicht verstehen. Ich könnte nicht ohne ihn leben – und will es auch nicht. Sage ich zu Dir, Du sollst ihn versetzen, rennt er mir davon. Zu recht aus seiner Sicht. Ich drehe mich wie ein Kreisel!"

„Du hattest auch ein Leben vor Angelos!"

Falscher Text.

„Nein, Nikos, das hatte ich nicht. Es war ein Vegetieren ohne Freude, Glück und Sinn!"

„Paul, hör´ auf mich. Zeig ihm, dass Du ihn unterstützt und mach ihm kein schlechtes Gewissen, nur weil er seine Arbeit erledigen muss. Und vergiss eines nicht: ohne diesen Job hättest Du ihn gar nicht kennenge-lernt!"

Stimmt. Zwei Mal.

„Hat er sich bei Dir beklagt?"

„Oh Paul, nein, hat er nicht. Würde er nie tun. Das weißt Du."

„Du hast recht. Ich darf ihn nicht belasten. Sonst passiert das, wovor ich mich am meisten fürchte. Ich kläre das. Danke für den Hinweis. Ich bin dann so gelähmt vor Sorge, dass mir alle Gesichtszüge entgleisen."

„Jedenfalls brauche ich euch", kam Nikos
zum Thema zurück.

Jetzt lachte Pandis.
„Das klingt wie ‚für König und Vaterland,
James!'"
„Für einen Bond bist Du eindeutig zu alt.
Nichtsdestotrotz brauche ich einen
Gefallen."
Und da hatte ihn der Ferrari-Fall eingeholt.
Nikos hatte noch etwas gut.
„Und das wäre?"
„Am Samstag findet auf Mykonos eine
Veranstaltung der ‚Goldenen Morgenröte'
statt. Ich würde euch bitten, dorthin zu
gehen und mir hinterher Bericht zu
erstatten. Ich kann ja keinen Agenten
schicken, denn: - Pause - der liegt ja in
DEINEM BETT!"

Der Mann war eindeutig wahnsinnig.
Als schwuler Polizist zu den Rechten?
Samt Ehegatten? „Die lassen uns erstens
nicht rein und ich habe keine Lust, mich
verprügeln zu lassen!"
„Du wirst dort einige Kollegen finden!"
Da mochte er recht haben. Unter den
Polizisten gab es nicht wenig Sympa-
thisanten der GM.

„Ihr sollt doch nur zuhören und berichten. Keine Fotos, keine Aufnahmen", beruhigte Nikos den konsternierten Pandis.

„Weißt Du, was Du da verlangst? Ich kann die Bande nicht ausstehen. Sie sind eine Gefahr!"

„Tja, dann sind wir uns ja einig. Weil die GM eine Gefahr ist, muss jemand zuhören. Ich kann nur nicht kommen…

„…weil Ryanair so spät nicht mehr fliegt und Du keine Übernachtung bezahlt bekommst", ergänzte Pandis.

Nikos brummte zustimmend.

„Hör zu, ich hatte vorgestern einen scheußlichen Mord. Ich habe keine Zeit für…"

„Scheußlich? Dann wird sich Katsakis freuen!" Er lachte schon wieder.

Katsakis, der Pathologe,

„Er hat sie schon gesehen – und er war nicht erfreut."

„Dabei habt Ihr doch jetzt eine Tiefkühltruhe, huhaha! Was war es diesmal? Eine Planierraupe? Eine Rektalbombe?"

Sehr witzig.

„Nein. Tod durch Rammen von Kerzen in die Ohren und Nase."

„Heiliger Strohsack! Das hört sich selbst für Deine Verhältnisse schlimm an."

Pandis stöhnte.

„Oh Mann. Die Nazibande wird uns grün und blau schlagen. Wenn nicht noch mehr …"

Nikos lachte.

„Hast Du Angelos schon einmal kämpfen sehen?"

„Nein. Obwohl: gestern hat er den Popen niedergestreckt! Der rührte sich nicht mehr." Pandis musste lachen.

„Angelos weiß sich zu wehren, glaub mir. Das hat er gelernt. Außerdem hast Du dann wieder etwas gut bei uns. Obwohl es im Grunde genommen ausreichen müsste, dass mein Mitarbeiter körperliche Dienste an Dir verrichten muss."

„WILL! Nicht muss. Wieso glaubt jeder …?"

„SPASS! Paul, SPASS. Himmel, bist Du unentspannt. Er liebt Dich. Punkt. Ohne jeden Zweifel. Also … Zurück zum Samstag. Achtet darauf, was Bosganos sagt. Das ist deren Chef, Pardon, Führer. Nennt sich wirklich so! Unfassbar."

„Gut. Ich rufe Dich dann Montag an. Sonntag muss ich Stimmen auszählen."

„Ah, stimmt. Beschwere Dich nicht. Wer den Bürgermeister ins Kittchen bringt, muss dann auch auszählen!"

Nikos lachte und legte auf.

Scherzkeks.

Und das beim Geheimdienst.

Lachen für König und Vaterland.

12

Samstag

„Nikos hat einen Auftrag für Dich!", sagte
Paul zu Angelos.
„Aber zusammen mit mir und hier auf
Mykonos."
Angelos war erleichtert. Das übliche Drama
fände also nicht statt.
„Ich entschuldige mich dafür, dass ich mich
nicht im Griff habe, wenn Du zur Arbeit
musst. Ich bin dann so voller Angst, dass ich
gar nicht begreife, was ich Dir damit antue.
Ich mache Dir ein schlechtes Gewissen. Das
ist nicht fair. Und es ist gefährlich für Dich.
Ich hab´s nicht gesehen, bis Nikos mir
gerade einen Wink gegeben hat. Ich
bekomme die Angst nicht in den Griff. Aber
ich werde es lernen. Ich muss."
Pause.
„Lange Rede für meine Verhältnisse",
Pandis lächelte, „aber ich verspreche, dass
ich es hinkriege. Jubeln muss ich ja nicht,
wenn Nikos Dich ruft."

Angelos lächelte und Paul merkte, dass Angelos lange auf diese Worte gewartet hatte.

Er stand auf, nahm Paul in die Arme und sagte nur „Danke!".

„Besonders begrüßen wir den Leiter der Gendarmerie von Mykonos."
Pause.
„Samt seiner Ehegattin!"

Aus den Buhrufen wurde lautes Gelächter. Nur mit größter Mühe konnte Paul Angelos daran hindern, nach vorne zu stürmen.
Bosganos sagte Gendarmerie – mit voller Absicht, denn die Polizei war in Griechenland lange Zeit eine Militäreinheit.
Besonders eng war die Verbindung in der Zeit der Militärdiktatur 1967 – 74. Mit dem Begriff Gendarmerie machte der GM-Redner klar, welche Zeit er für die beste in Griechenlands neuester Geschichte hielt. Und wo er wieder hinwollte.
Nun, die Tausende von Griechen, die auf kahle Inseln verbannt wurden und dort verhungert sind, wären sicherlich weniger begeistert über diese Aussichten.

„Ich halte das nicht viel länger aus, Paul", meinte Angelos.

„Mir geht´s genauso. Aber schau Dir die Begeisterung an. Die Trottel glauben das. Da leuchten die Gesichter! Haben die nichts gelernt aus der Geschichte?", antwortete Pandis.

„Der erste Teil Deiner Frage war schon richtig. Haben die nichts gelernt? Sie haben es nicht. Lauter Ungebildete, Asoziale und Spinner."

Pandis schüttelte den Kopf.

„Ich glaube, da machen wir einen großen Fehler, wenn wir alle über einen Kamm scheren. Da hinten steht Bogris und der ist Lehrer am Gymnasium."

„Für Sport. Das sind seltenst Nobelpreisträger."

Pandis lachte.

Und weiter ging die Tirade, die man auf allen rechten Veranstaltungen in ganz Europa hörte.

Schuld sind die linken Eliten, Flüchtlinge, Homos und im Fall der GM die Juden.

Und das war der größte Witz. In Griechenland gibt es fast keine Juden mehr, die einen „schlechten Einfluss" auf das Land hätten haben können. Die früher große jüdische Gemeinde in Hellas wurde von den Deutschen in nur einer Woche ausradiert. Von Saloniki ging es direkt nach Auschwitz.

Irrsinn.

Eine Litanei, die man so auch in Italien oder Österreich hören könnte. Oder, oder …

Griechenland den Griechen! Und der Ausländeranteil in Hellas ist weit niedriger als in Frankreich oder Deutschland.

Zum Schießen. Was bitte ist ein Grieche? Nach 400 Jahren Besatzung durch die Osmanen hat jede griechische Familie türkische Gene.

Und dann kam das unvermeidlich Gefasel von Groß-Griechenland.

„Alle Griechen in einem Land! Besinnen wir uns auf unsere großartige Geschichte. Die siegreichen Kämpfe in den Schlachten von Epirus, Xanthi und Zypern! Es lebe das großgriechische Reich!"

Ein Widerspruch in sich, dachte Pandis. Siegreiche Schlacht von Zypern? In Wirklichkeit eine Riesenklatsche für uns. Natürlich gehöre Zypern zum Mutterland. Aha. Hatte es aber noch nie. Und Mazedonien ist auch griechisch. Dass da ein Staat aus Bergdeppen sich Mazedonien nennen durfte – inakzeptabel. Und das 1922 verlorene Smyrna muss auch zurück ins

griechische Großreich. Blöd nur, dass es heute Izmir heißt und dort kein einziger Grieche mehr wohnt. Der Hauptfeind säße aber in Konstantinopel. Selbstverständlich verwenden die Rechten den alten griechischen Namen für Istanbul, übersehen aber, dass die türkische Regierung seit fast 100 Jahren in Ankara sitzt.
Alles, was jemals griechisch war, muss wieder griechisch werden.
Na, die würden sich bedanken – bei unserem Chaos und unseren Politikern.

Fakten aber sind vollkommen egal.
Und dann diese Fahne, auf der jeder das Hakenkreuz sehen konnte, wenn auch der eine oder andere Balken verändert wurde. Das aber war der größte Witz. Die Griechen, die heute noch voller Entsetzen über die deutsche Besatzung sprechen, huldigen denjenigen, die ihr eigenes Land überfallen und Tausende getötet haben.
„Hellas Heil!"
„Es lebe Groß-Griechenland!"
„Es lebe das freie Zypern!"
„Es lebe die Goldene Morgenröte!"

Das Spektakel war zu Ende. Halt. Nein.

Natürlich sang man noch die National-
hymne. Denn die gehörte überall allein den
Rechten.

Unbedrängt gelangten Pandis und Angelos
nach draußen.

Das Zelt auf einem Parkplatz in Panormos
leerte sich.

Bei ihrer Ankunft war es nicht so friedlich. Als
man Pandis erkannte, wollte man ihn nicht
einlassen.

„Wir wollen keine Spitzel hier, und schon gar
keine schwulen."

„Ich bin Wähler und will mich informieren.
Schließlich ist morgen Wahl. Oder habe ich
vielleicht eine Uniform an?"

Gut, er trug nie Uniform, aber das wusste
der rasierte Schädel natürlich nicht.

„Und wer ist der Stricher hier?"

Das hätte er nicht sagen sollen.

Zehn Sekunden später lag der rasierte
Schädel mit einem mehrfachen Kieferbruch
und acht Zähnen weniger bewusstlos am
Boden. Er würde sein Leben lang lispeln.

„Noch Fragen?", sagte Angelos.

Dann kam Bosganos und erklärte: „Nein,
nein. Entschuldigung. Wenn der Kommissar
etwas lernen möchte, ist er herzlich willkommen. Aber bitte ohne Handy. Ich

möchte nicht, dass Sie ein Fotoalbum anlegen."

„Und wenn ein Notfall passiert. Wie soll mich das Büro erreichen?"

„Keine Sorge. Innere Sicherheit steht bei uns ganz oben. Mein Mitarbeiter wird Sie sofort holen, sollte ein Anruf aus der Stadt kommen."

Bosganos lächelte breit.

13

Sonntagmittag

Am Wahltag ereilte ihn das kleine Glück.
Am Morgen hatten sie die Identität des
Opfers festgestellt.
Das Hotel „Ägäis" vermisste einen Gast
bzw. dessen Frau vermisste ihre bessere
Hälfte.
Ihm war schon vorher klar, dass es ein
Tourist sein musste, denn diverse Sonnen-
brände waren unübersehbar.
Als er die Nationalität erfuhr, stöhnte er auf.
Das würde richtig Ärger geben. Athen
würde sich einschalten.
Das Opfer war Deutscher.
Wegen der etwas angespannten Bezie-
hungen zwischen Athen und Berlin würden
alle Amok laufen.
Die Fakten verschweigen ging nicht. Die
Insel war das universelle Lästerzentrum.
Gerüchte waren hier so etwas wie
Lebenselixier.

„Frau Wiesenhof wartet im Fernsehzimmer!"
So etwas gab es noch? Mit denselben
Trotteln, die man beim Frühstück traf, auch
noch abends dümmliche Quizshows
schauen?

„Frau Wiesenhof, mein Name ist Pandis, Kripo Mykonos."

Sie blickte kurz auf, stand aber eindeutig unter Schock. Hoffentlich hatte der Hoteldirektor nicht gerade alle Details ausgeplaudert.

Seine Hoffnung wurde enttäuscht.

„Stimmt es, dass man ihm…"

„Ja, es stimmt. Aber Sie werden ihn so wieder zurückbekommen, wie Sie ihn kannten.

„Ich kannte ihn noch lebend."

Mist. Wieder verkehrt.

Er war eindeutig ungeeignet für Todesbotschaften.

„Frau Wiesenhof, wann haben Sie Ihren Mann zuletzt gesehen?"

„Das war Dienstagabend nach dem Essen. Er wollte noch ein paar Meter laufen. Aber er kam nicht zurück."

Sie weinte still. Genug, um nicht verdächtig zu wirken, nicht zu viel, um Pandis' Gehörnerven zu schädigen.

„Hatte er irgendeinen Streit auf der Insel? Im Hotel?"

Frau Wiesenhof schaute ihn schief an.

„Nein. Wir machen hier Urlaub oder besser machten."

Pandis´ Hoffnung war dahin. Das Geheule setzte ein und erreichte Schnellstraßenniveau. Konnte man nicht den hinterbliebenen Frauen ein paar Benzodiazepine eintrichtern, bevor man ihn rief?

„Was war Ihr Mann von Beruf?"
„Versicherungsvertreter."

Da hat man doch genügend Feinde. Zum Beispiel all seine Kunden. Aber die würden ihn bestimmt nicht auf Mykonos töten, sondern in Rödels…Rödlingshofen, nein, Rödlingshausen. Mein Gott, was für Namen.

Beim Hinausgehen sah Pandis eine Zeitung im Ständer. Es war eine deutsche Zeitung mit der Titelzeile: „Mykonos – Deutscher Tourist massakriert!!" Groß und fett wie ein Verkehrszeichen. Na bravo! Da würde sich der Hotelverband freuen.
Und Athen auch.
„Tun Sie die Zeitung weg. Oder wollen Sie eine Massenpanik?", raunzte er den Mann an der Rezeption an.

14

Sonntagabend

Wenigstens musste er nicht Stunden lang im Wahllokal sitzen. Das war der Vorteil eines Mordes.
So ging er gegen 22.00 Uhr ins Rathaus, um dort bei der Auszählung zugegen zu sein. Nach dem Theodorakis-Skandal war er sich sicher, dass der konservative Kandidat gewinnen würde. Seine Partei. Aber deren Kandidat war auch keine Leuchte.

Ein geistreicher Kopf meinte einmal, die Demokratie sei eine schlechte Regierungs-form, es gäbe aber keine bessere.
Dieser Kopf hat wahrscheinlich nie in einem Rathaus gearbeitet. Sonst wüsste er, dass die Demokratie Dummheit und Mittelmaß in verantwortliche Positionen hievt.
Die wirklich Intelligenten und Gebildeten einer Stadt machen jedenfalls einen großen Bogen um die Kommunalpolitik.
Und bei uns kommt noch Vetternwirtschaft und Korruption in großem Stil hinzu, dachte Pandis.
Wie schafft man es, dass sich gebildete und fähige Bürger engagieren? Wie verhindert

man, dass diese nach ein paar Monaten fluchtartig das Weite suchen?
Kein griechisches Problem. Aber eben auch.

Er betrat das Rathaus – und es war wie immer. Die eine Seite jubelte, die andere pöbelte.
Sokrates hatte wie erwartet gewonnen.
Leider hatte dieser mit seinem Namensvetter wenig gemein.
Aber er hatte wenigstens einen Schulabschluss.
Und überhaupt hatte Pandis eigene Probleme.
Wer hatte Michael Wiesenhof getötet?
Und noch viel wichtiger: warum in dieser Weise?
Und warum hat diese dumme Kuh solange gewartet, ihn als vermisst zu melden?
Welche Verbindung gab es zu Mykonos, außer dass er hier Urlaub machte?
War er vorher schon einmal hier?
Gab es vielleicht aus früheren Besuchen Beziehungsprobleme? Eine Freundin auf der Insel?
Bei Morden denkt man immer zunächst an Familienmitglieder oder Bekannte.
Meist lag man damit richtig.

Denn Katsakis sprach das aus, was Pandis befürchtete: es könnte nicht der letzte Mord gewesen sein.

15

Montag

Es war nicht zum Aushalten. Der neue Bürgermeister schien dem Kopierer entsprungen.
„Der Tourismus ist in Gefahr", „Schnelle Lösung".
Gut, überraschend waren die Sätze nicht, denn der Hotelverband der Insel war in gesammelter Stärke angetreten. Die Presseberichte hatten zuerst die Touristen und dann die Hoteliers beunruhigt.
Erstere hatten Angst um ihr Leben, Letztere um ihren Geldbeutel.
„Um Eines klarzustellen: die Polizei ist nicht das Tourismusamt, wie hier viele meinen. Uns geht es nicht um Geld, sondern um die Sicherheit der Bürger, aber auch der Gäste!", pöbelte Pandis in die Runde.
„Aber Sie werden von unseren Steuergeldern bezahlt", kam es zurück.

„Von Ihren Steuergeldern? Meine Mitarbeiter verdienen 688 Euro im Monat. Und dafür riskieren sie mitunter ihr Leben. Und wie viele von den Herren hier überhaupt ihre Steuern korrekt bezahlen, wollen wir lieber nicht hinterfragen!"

Die Sitzung erreichte die oberste Eskalationsstufe.

„Ich kann Ihnen versichern, dass ich und meine Mitarbeiter alles tun werden, um den Mord aufzuklären und wieder Ruhe einkehren zu lassen", sagte der neue Bürgermeister.

Wie bitte?

Ermittelt jetzt der Bürgermeister?

Sind Politiker jetzt schon Experten in Kriposachen?

Pandis konnte seine Wut nur schwer zügeln.

„Nehmen Sie bitte zur Kenntnis: 90% der Morde werden von Familienmitgliedern begangen. Diese Lösung scheidet hier aus. Und dann ist es leider Puzzlearbeit. Jetzt die Frage an Sie: Hat von Ihnen jemand eine sachdienliche Idee?

Nicht? Das dachte ich mir. Also lassen Sie mich meine Arbeit machen!"

Pandis stürmte aus dem Saal.

Er wusste, dass er nichts in Händen hielt. Kerzen in Nase und Ohren waren kein bekanntes Ritual, jedenfalls war bei Europol nichts anhängig.

„Wahrscheinlich nur eine Showeinlage, um vom eigentlichen Verbrechen abzulenken", meinte die freundliche Dame.

Das Opfer empfand das Ganze sicher nicht als Showeinlage.

Das Schlimme aber war, dass er es im Blut hatte. Er wusste, es würde zu einem zweiten Mord kommen. Es war nur eine Frage der Zeit.

Er konnte nicht ahnen, dass es bereits diese Nacht soweit sein würde.

16

Montagabend

Vasilios Marangos, seines Zeichens Direktor
des Hotels Apollo, stand in seiner Küche
und redete sich in Rage.
Sein Freund, Miguel, seines Zeichens
Barkeeper im Apollo, hatte ihn
leichtsinnigerweise gefragt, wie denn der
Tag gewesen sei, ein schrecklicher Fehler.
„Und dann dieser Depp von Bürgermeister
samt diesem Trottel von Kommissar!"
Miguel lachte.
„Komm, Du magst Pandis nur deswegen
nicht, weil er Dich mal etwas härter
angefasst hat – wogegen Du
normalerweise nichts einzuwenden hast!"
„Sehr witzig. Du hörst es doch selber. Es gibt
nur noch ein Thema unter den Gästen. Das
muss aufhören!"
Miguel ließ die Aubergine auf den
Küchentisch fallen. Wütend.
„Ja, aber was soll Pandis denn machen? Er
kann nicht zaubern. Es gibt keinerlei Spur,
Du hast es doch gehört. Im Übrigen war er
zu mir immer sehr freundlich."
„Ja, weil er auf Dich steht!"
Miguel lachte.

„Das ist doch jetzt wohl ein Witz. Er ist verheiratet und hat nur Augen für seinen Ehemann. Pandis schaut Andere gar nicht mal an! Warum sollte er auch? Ich meine ..."

„Jaja... Aber was ist, wenn ein weiterer Mord passiert? Zuerst verschwinden die, die da sind und dann hagelt es Stornierungen. Und das am Anfang der Hochsaison!"
Miguel lächelte.
„Ich glaube nicht, dass der Mörder seine Taten am Saisonkalender ausrichtet."
Damit sollte er vollkommen daneben liegen.
„Und selbst wenn das Hotel drei Monate leer steht, wirst Du nicht am Hungertuch nagen, mein Bunny."
„Du hast nicht alle Tassen im Schrank. Im Übrigen müsste ich dann Dich entlassen. Keine Gäste – kein Barkeeper!"
Yannis lachte.
„Auch gut. Kein Barkeeper – kein fulminanter Sex!"

Vasilios verließ sein Haus in Ftelia, um den Müll zum Container gegenüber zu bringen. Plötzlich spürte er einen Arm um seinen Hals und dann Stoff oder Watte auf seinem Gesicht.
Dann verlor er das Bewusstsein.

Als er wiedererwachte, lag er in einem
Becken oder Whirlpool. Gefesselt.
Geknebelt. Am Rand standen drei Gestal-
ten mit weißen Masken vor dem Gesicht.
Und lachten.
Sie hatten Tüten in der Hand, aber Vasilios
konnte nicht erkennen, was sich darin
befand.
Er begann trotz des warmen Wassers zu
zittern.

„Chrysi Avgi,
es lebe die Goldene Morgenröte!"
Oh Gott.
„Brenne, Du Schwein!"
Die Gestalten öffneten die Tüten und
schütteten den Inhalt in den Pool.
Da erkannte Vasilios, was es war.
Und wusste, dass er sterben würde.

17

Dienstagvormittag

Es war nicht Pandis´ erster Mord, aber noch nie war er so schnell zum Tatort unterwegs. Zeit. Zeit spielte eine große Rolle.
Miguel, der Barkeeper des Apollo, hatte ihn – Gott sei Dank! – zuhause erreicht.
Zu einer Uhrzeit, zu der Pandis normalerweise erst in den Tiefschlaf fällt. Seit Angelos´ Zungenangriff hatte sich im Zeitablauf des Kommissars einiges geändert – sehr zur Freude von Pandis.
Er raste mit seinem Leihwagen durch Ano Mera. Sein eigenes Auto war ja im Zuge des Falls Theodorakis im Meer versunken.
Seltsam, dass in Momenten höchster Anspannung einem Gedanken durch den Kopf schießen, die vollkommen unwichtig sind. Dass er sich ein neues Auto kaufen muss.
Er bremste heftig. Nach Ftelia ging es scharf rechts. Hoffentlich hatte Miguel alles so gemacht, wie er es ihm gesagt hatte.
Vor Vasilios Haus hielt Pandis an.
Auf der Straße lag etwas, bedeckt mit einem Laken. Perfekt!

„Jassas, Miguel. Es tut mir so leid. Ich weiß, dass es viel verlangt ist, aber bitte vertraue mir. Wir müssen schnell sein!"

Pandis blickte in das verheulte Gesicht.

„Wer tut so etwas? Ich… Du solltest Dir das nicht anschauen."

Pandis warf Angelos Handschuhe zu.

„Los. Anpacken!"

Sie packten die Leiche an Händen und Füßen und trugen sie ins Haus.

Auf dem Küchenboden legten sie sie ab.

„Ich verstehe es nicht. Ich dachte immer, man muss die Leiche liegenlassen, bis die Spurensicherung da ist."

„Nun hör´ genau zu: Der Mörder hat Erfahrung, er mordet nicht zum ersten Mal. Es wird also nicht viele Spuren geben. Und der Fundort war nicht der Tatort. Das ist übrigens Angelos, mein …"

„Ehemann, ich weiß. Hallo!"

„Schade, dass wir uns so kennenlernen. Es tut mir leid für Dich. Was ist gestern Abend passiert?"

„Vasilios war gestern nach dem Abendessen plötzlich weg. Um drei hörte ich ein Auto, ich dachte, er käme zurück. Ich bin nach draußen und dann…"

Miguel begann wieder heftig zu weinen.

Und Angelos nahm ihn in den Arm.
In Pandis regte sich ein Hauch von Eifersucht. Langsam, Pandis. Es ist nur eine Trost-
Umarmung.
„Hast Du irgendjemanden gesehen? Ich
meine jetzt nicht die Täter. Das hättest Du
mir schon gesagt. Ich meine Nachbarn, die
die Leiche gesehen haben könnten."

„Nein. Du siehst ja, es ist eine Sackgasse mit
einem Haus. Hier kommt niemand vorbei!"
„Perfekt. Dieser Mord ist nie passiert. Das ist
wichtig, verstehst Du?"
„Ehrlich gesagt, nein."
„Nur so können wir – hoffentlich – einen
dritten Mord verhindern.,"
„Aber wer war das?"
„Indem wir diesen Mord verschweigen,
irritieren wir den Mörder. Ob es funktioniert,
weiß ich nicht. Auf dieser Insel bleibt nichts
geheim. Aber wir drei werden es schaffen
und dann kriegen wir diesen Irren."
„Das ist kein Irrer. Das ist ein sadistisches
Schwein", sagte Miguel und hob das Laken
an.
Pandis drehte sich zur Spüle und erbrach
sich mehrmals.
„Himmel. Und ich dachte, ich habe schon
alles gesehen."

„Er war ein herzensguter Mensch", sagte Miguel.

„Das sagen die Nachbarn von Massenmördern auch immer", erwiderte Pandis.

Autsch. Ich bin wirklich ein Trampel. Pandis! Erst denken, dann reden.

„Sorry, Miguel! Das ist mir rausgerutscht. Ich hatte wirklich nichts gegen ihn. Aber Hoteliers machen der Polizei meist Ärger, weil ihnen Geschäft wichtiger ist als die Aufklärung von Straftaten."

„Schon in Ordnung. Auf Dich war er nicht gut zu sprechen. Aber das war wohl eher ein Missverständnis."

Der Fall Chatami. Die Leiche vor Vasilios´ Hotel.

Und dieser hatte damals zuerst gelogen. Aber mit dem Mord hatte er nichts zu tun.

„Und alle mochten ihn. Im Hotel. Die Gäste. Bis auf die Anrufe."

„Was für Anrufe?"

„Die üblichen Hassanrufe, die jeder Schwule bekommt."

„Wann war das?"

Miguel lachte.

„Wann? Ständig! Solche Anrufe bekommt jeder, der so ist wie wir!"

„Im Jahre 2018? Noch dazu auf Mykonos? Das gibt´s doch nicht!"

Oh doch.
Realitätscheck für Herrn Kommissar.
Oft?"

„Jede Woche ein paar Mal?"

„Wieso meldet Ihr das nicht? Gibt ja sowas wie eine Fangschaltung."

„Ich habe es ihm immer wieder gesagt. Aber da hätte er Dich anrufen müssen und das wollte er nicht."

Ob darunter der Mörder war?

Wahrscheinlich eher nicht.

Pandis bekam keine solchen Anrufe. Naja, bei einem Kommissar wäre das auch ziemlich dämlich. Da musste man zumindest mit einer Fangschaltung rechnen.

„Miguel, gut. Im Moment ist anderes wichtiger: Niemand darf etwas erfahren. Du erzählst allen, vor allem im Hotel, dass Vasilios gestern Nacht einen Herzinfarkt hatte und Du einen Rettungshubschrauber gerufen hast.

Er liegt in einem Athener Krankenhaus auf der Intensivstation und hat Kontaktsperre. Er ist aber über den Berg. Letzteres ist wichtig."

„Ich soll alle belügen?"

„Ja, ich weiß, das kostet Kraft. Wenn alles vorbei ist, stelle ich öffentlich klar, dass es eine polizeiliche Anordnung war. Aber Du verstehst den Sinn dahinter?"

„Schon, ich weiß nur nicht, ob ich mich nicht verplappere. Dass mit mir etwas nicht stimmt, sieht doch jeder!"

„Und jeder wird denken, es liegt an Deiner Sorge um ihn."

„Nicht mal beerdigen kann ich ihn."

In dem Punkt konnte Pandis ihn verstehen.

„Ich hoffe, es ist nur eine Frage von ein paar Tagen, aber versprechen kann ich es Dir nicht, leider."

Pandis klopfte Miguel auf die Schulter.

„Und was passiert mit dem Leichnam?"

Da würde Pandis Katsakis brauchen.

Und wieder mal einen Hubschrauber.

Verdammt. Das würde wieder teuer werden.

18

Dienstagnachmittag

„Pandis. Katsakis, sag´ jetzt einfach nichts.
Ja, es gibt eine zweite Leiche. Und ehrlich
gesagt schaut sie noch schlimmer aus als
die letzte. Du musst mir jetzt helfen, eine
dritte zu verhindern!"
Stille.
„Wir müssen die Leiche heimlich von der
Insel schaffen. Besser gesagt: DU!"
Endlich fand Katsakis seine Sprache wieder.
„Und wie stellst Du Dir das vor? Was ist denn
überhaupt passiert?"
Normaler Tonfall. Er hat erkannt, dass es
nicht die Zeit für die üblichen Flachsereien
war.
Pandis erklärte ihm die Sachlage.
„Du hast die Leiche abtransportiert?
Ohne Spurensicherung? Warst Du mal auf
einer Polizeischule?"
„Das Opfer wurde woanders ermordet.
Versteh´ doch, warum ich das tue, Herrgott.
Spielst Du mit? Sonst wird das hier wirklich
die Insel der Irren. Und der Toten!"
Katsakis überlegte.
„Und wie soll ich das bewerkstelligen?
Brauche ich einen Hubschrauber, muss ich
eine Anforderung schreiben, dann ist alles

im Computer. Ich kann nicht ‚Krankentrans-
port' eingeben."
„Doch, Katsakis, genau das sollst Du! Den
Hubschrauber zahle ich! Und kein Vermerk
über einen Leicheneingang!
Oder mach einen Landstreicher daraus!"
„Langsam leidest Du an Verfolgungswahn.
Glaubst Du, der Mörder sitzt an unseren
Computern?"
Nein. Oder besser: Eher nicht.
Aber ein Schwindel muss perfekt sein.
Eines war auf alle Fälle klar: die schwarze
Kasse der Polizei Mykonos würde bald
„Ebbe" melden.

„Aber der Hubschrauber sollte dann wohl
nicht auf dem Flughafen landen."
„Unter keinen Umständen. Er muss direkt
neben dem Haus landen, in dem die
Leiche liegt. Ich schicke Dir später die GPS-
Daten. Landen, Leiche rein, Starten!"
Pandis machte eine kleine Pause.
„Und noch eins, Katsakis, die Leiche schaut
schlimm aus, aber dennoch kenne ich die
Todesursache nicht. Verbrennungen
überall, aber nicht die üblichen
Brandverletzungen!"
Jetzt wurde Katsakis munter.
„Das hört sich zur Abwechslung mal
spannend an."

19

Dienstagabend, Kalafati

Kommissar Paul Pandis lag Zuhause auf dem breiten Balkon und blickte hinunter auf den Strand von Kalafati.
Es wurden jetzt täglich mehr Sonnenschirme und Liegen. Was ihm schon immer gefallen hat, waren die Schirme aus Holz. Es sah so aus, als wären sie wie Bäume schon immer da und gehören zum natürlichen Bild des Strandes. Zunächst dachte er als Nicht-Insulaner, man habe dies aus Umweltgründen gemacht. Oder zumindest aus ästhetischen. Nach wenigen Wochen war ihm klar, dass nur Holzschirme den kräftigen Winden trotzen können. Doch trotz des schweren Materials fand er regelmäßig Schirmteile vor der Eingangstüre.

Und wieder schoss ihm ein irrationaler Gedanke durch den Kopf.
Was um Gottes Willen sah Miguel in diesem Mann? Er schätzte den jungen Mann nicht so ein, als wäre Vasilios´ Geld die Grundlage der Beziehung.
Nun, wo die Liebe hinfällt, in diesem Falle hinfiel.

Doch beim Gedanken an Sex mit Vasilios schauderte ihm. Und wieder kam ihm dieser Gedanke, dass er nicht … Er schaute keinen Männern nach, aber auch keinen Frauen. Er wäre quasi asexuell, wenn, ja wenn nicht neben ihm der Gegenbeweis liegen würde.

„Kann es sein, dass ich vorhin wegen Miguel einen Hauch von Eifersucht in Deinen Augen sehen konnte?"

„Nö."

Angelos lachte. „Ich wollte den Ärmsten nur trösten, wirklich!"

„Du bist krank, Angelos. Du liebst es, wenn ich eifersüchtig bin. Du genießt es, wenn ich weine. Und Du möchtest drei Mal am Tag hören, dass Du der Beste bist. Manche würden sagen, Du seist …"

„… arrogant? Die kennen mich nicht. Wenn Du eifersüchtig bist oder weinst, weiß ich, dass Du mich noch immer liebst!"

„Immer noch? Spinnst Du? Glaubst Du, dass sich daran etwas ändern wird? Hast Du eine Ahnung, wie ich hiersitze, wenn Du weg bist? Ich kann fast nichts essen, ich bin so neben der Spur, dass sich alle über mich lustig machen. Das letzte Mal habe ich die Wäsche in den Geschirrspüler gepackt und das Schlimme war: Aris war dabei!"

Angelos lachte lauthals.

„Paul, wenn ich fortmuss, was glaubst Du, wie es mir geht? Nikos macht sich auch schon lustig über mich. Er meint immer, ich solle mir ‚eine Dose Paul' mitnehmen, sonst wäre ich nicht einsatzfähig. Du hattest anfangs Angst, dass ich davonrenne. Dabei war diese Angst bei mir viel größer. Mein Heiratsantrag hatte einen Grund, Paul!"

„Wohin sollte ich denn rennen? Zu wem? Hast Du mich auch nur flirten gesehen mit einem anderen? Nein! Und wer würde das auch tun mit so einem alten Sack wie mir!"

„Ich. Zufälligerweise gehört dieser alte Sack aber schon mir!" Angelos küsste Paul.
„Und ich bin jeden Tag dankbar dafür. Und ich weiß, dass es nicht selbstverständlich ist. Bin ich wirklich arrogant in Deinen Augen?"
„Nein. Du kennst Deinen Wert für mich. Und das ist gut so. Ich liebe Dich, so wie Du bist. Sag mal, könnten wir vielleicht …?"
„Himmel, ich habe ein Sexmonster geheiratet!"

20

Das Sexmonster war allerdings hinterher erheblich neben der Spur. Und so musste Angelos kochen.

Der pfiff vor sich hin, als hätte er gerade keinerlei Höchstleistung vollbringen müssen. Da haben wir die 25 Jahre Unterschied.

Der Gipfel war allerdings, dass er die ganze Zeit „Play me like a violin" vor sich hinsang. Stefan, ein gemeinsamer Freund von ihnen, hatte gemeint, das wäre der passende Song für ihre Beziehung. Pandis wäre so abhängig, dass Angelos „auf Dir spielen kann wie auf einer Violine und es Dir auch noch gefällt."

Pandis Antwort: „Wenn der Geiger so aussieht und mit seinem Bogen so geschickt umgehen kann, dann …"

„Stopp! Mehr brauche ich nicht zu hören", sagte Stefan lachend. „Eindeutig abhängig im schweren Stadium."

„Play me like a violin …"

Pandis ging in die Küche und flüsterte Angelos ins Ohr „Und morgen bring´ ich Dich um!"

Der Nachteil eines üppigen Mahls ist die unweigerlich folgende Trägheit und der Unwillen oder die Unfähigkeit zu Denken.

Erst nach dem zweiten Ouzo und zwei Espressi kam das Oberstübchen wieder in Gang.

„Was hast Du vor wegen Vasilios?", meinte Angelos.

„Ich fürchte mich vor dem nächsten Mord. Ich kann einen Mord vertuschen, zumindest eine Zeit lang. Das hat aber nur funktioniert, weil ihn niemand mitbekommen hat, natürlich außer dem Mörder, und weil ich mit Miguel einen perfekten Komplizen hatte. Noch so ein Dan-Brown-Mord und der Flughafen wird gestürmt, weil alle Gäste das Weite suchen. Und zum Ermitteln komme ich dann auch nicht mehr, weil dann Horden von TV-Teams aus der ganzen Welt auf der Insel einfallen und als Breaking-News im Laufband stehen haben werden: ,Neues Schlachtopfer auf Horror-Insel!'

Pandis ließ sich auf der Liege zurückfallen.

„Wurde Vasilios vorher gefoltert?", fragte Angelos.

„Schwer zu sagen. Ich konnte die Wunden nicht zuordnen. Einerseits Brandwunden. Andererseits ist nichts verkohlt und richtig typisch sind die Brandwunden nicht. Ich kann es Dir nur schwer erklären. Ich hoffe, Katsakis macht uns schlauer."

Da hatte Angelos seine Zweifel. Die größte Kompetenz des Pathologen lag eindeutig im Pöbeln.

„Wo ist die Verbindung zwischen den Opfern? Gibt es keine, heißt dies, der Mörder tötet wahllos. Dann ist er praktisch nicht zu fassen, außer auf frischer Tat. Schon gar nicht von fünf Mann."

„Mein Rat: lass zumindest mehr Polizei auf der Insel auflaufen. Natürlich bringt das den Ermittlungen nichts. Aber es gibt den Leuten ein Gefühl der Sicherheit und Du bist aus der Schusslinie. Die sollen auf der Promenade und in der Stadt nur sichtbar sein."

Pandis grübelte.

„Reine Show ohne Sinn. Aber natürlich hast Du recht. Ich werde Naxos fragen. Eine Sondereinheit aus Athen wäre wohl etwas übertrieben."

„Können auch Polizeischüler sein, Hauptsache Uniform. Ich werde Nikos fragen, ob er da etwas machen kann.

Jedenfalls kannst Du dann sagen, Du hast die Kräfte aufgestockt", meinte Angelos.

„Taktisch richtig. Bringt mich aber in den Ermittlungen nicht weiter."

Pandis warf die Arme verzweifelt nach oben.

„Gott bewahre, dass das mit Vasilios raus-
kommt."

Angelos lachte.

„Aber die Idee ist clever. Irritiert den Täter
und macht ihn unvorsichtig. Hoffentlich
macht er den Fehler, bevor er noch einmal
zuschlägt. Sonst war die Idee ein
Tatbeschleuniger."

„Vielen Dank, dass Du meine Zweifel auch
noch bestärkst!"

Angelos lachte. „Gern geschehen! Genau
dafür bin ich da. Weißt Du, ich habe mir
auch Gedanken gemacht, nach der
Geschichte mit Vasilios. Vielleicht ging es
nicht um die betreffenden Personen. Hast
Du daran schon gedacht?"

„Was meinst Du?"

„Vielleicht ging es nicht um diese speziellen
Menschen, sondern um die Gruppen, für
die sie stehen!"

„Ein deutscher Tourist und ein schwuler
Hotelmanager?"

„Fast, Paul. Überleg´ mal. Welche Gruppen
sind immer oder momentan unbeliebt? Es
sind immer Ausländer, Juden – die fallen
aus, weil es keine mehr gibt -, Schwule und
seit der Krise Deutsche. Für alle Kürzungen
machen wir Deutschland verantwortlich.
Da gibt es bei manchen richtigen Hass.
Besonders von Rechts. Du hast ja die

Tiraden gehört auf der Versammlung. Gegen wen hat Bosganos am meisten gewettert?"

„Die jüdische Finanzwelt, die Migranten, Schwule und gegen Europa und Deutschland."

„Und daran hat sich seit 100 Jahren nichts geändert. Immer schon waren es die Minderheiten. Juden, Schwule – oder Sodomiten, wie man früher sagte. Und dann natürlich das Ausland. Immer dann, wenn die eigenen Politiker versagten, dann ließen sie über die Medien, die natürlich den Reichen gehörten – und noch gehören - die Meute los. Gleiches Schema wie damals im Bürgerkrieg. Erst kam die Hetze, und dann Gewalt und Tod."

Pandis überlegte.

„Du meinst, man ermordet einen deutschen Touristen stellvertretend für deutsche Politik? Und einen Schwulen, weil er ‚Sodomit' ist? Für diese These bräuchten wir – ich weiß, das klingt jetzt blöd – noch eine Leiche."

Angelos legte nach.

„Wenn ich richtig liege, dann müsste das nächste Opfer ein Schwarzer oder ein Zigeuner sein."

„Zumindest hast Du eine Theorie. Das ist mehr als ich bisher habe. Gott sei Dank habe ich Dich."

Die beiden saßen stumm da und blickten aufs Meer.

„Schlimme Zeiten, Paul. Schau Dich um in der Welt. Faschisten überall. Und die Menschen sind so dumm und fallen schon wieder auf sie rein. Nachdem sie den ganzen Kontinent in Schutt und Asche gelegt haben. Die Menschen haben anscheinend alles vergessen."

„Die einzig friedliche Zone ist hier!", meinte Paul.

Beide lachten.

„Aber zurück zu Deiner Theorie. Ich kann nicht jeden Flüchtling, jeden Zigeuner und jeden Schwarzen unter Polizeischutz stellen. Du hast keine Ahnung wie viele Afrikaner allein in den Küchen arbeiten. Natürlich zu Hungerlöhnen."

„Du kannst mehr Streife fahren lassen in den Wohnvierteln der Schwarzen. Die meisten wohnen ja um Ano Mera. Und das Schwulenviertel mit Fußstreifen abdecken. Und alles möglichst auffällig!"

Angelos machte eine kurze Pause.

„Da ist noch etwas anderes. Hat vielleicht keine Bedeutung. Aber am Wahlabend war etwas seltsam. Neben mir stand Maglos, der Schoßhund von Bosganos. Ich habe ihn ein wenig aufgezogen, weil sie nur 6% bekommen haben und er lief knallrot an vor Wut. Jedenfalls sagte er dann: Wir brauchen keine Wahl gewinnen. Wir werden an die Macht kommen, wenn das Chaos groß genug ist. Dann wird man uns rufen!"

„Aber der hat den IQ eines Badeschlappens!"

„Maglos ist wirklich strohdumm. Aber darum geht es nicht. Als er das gesagt hat, das mit Macht und Chaos, ist Bosganos knallrot angelaufen und ist ihm über den Mund gefahren. ‚Halt's Maul und rede keinen Stuss!', hat er gesagt. Der war richtig sauer. Fiel mir nur auf."

„Wenn Du so weitermachst, bin ich bald meinen Job los!

„Dann machst Du Hausmann und verwöhnst mich, wenn ich abends von der Arbeit nach Hause komme!"

21

Dienstagabend, Mykonos-Stadt

Bosganos tobte!
„Warum zum Teufel spricht keiner über
Vasilios? Kein Getratsche, kein
Zeitungsbericht und nichts im Radio?
Die müssen ihn doch längst gefunden
haben."
Oder muss er jetzt selber die Polizei
informieren? Anonym natürlich.
Er starrte Maglos an.
„Und Dein dummes Geschwätz von vor-
gestern hättest Du Dir auch sparen können.
Reden ist weiß Gott nicht Deine Stärke."
Und denken erst recht nicht, fügte er in
Gedanken hinzu.
„Der Stricher hat mich provoziert!"
„Und Du bist darauf reingefallen. In Zukunft
gilt die Devise: Maul halten! Und das ist kein
Stricher. Wenn wir den unterschätzen, gibt
es ein böses Erwachen. Frag mal Giorgos.
Sollte mich wundern, wenn der je wieder
‚Panathinaikos' sagen kann."

„Die können die Sache mit dem Fettwanst
nicht geheim halten. Irgendjemand wird ihn
doch vermissen. Obwohl, wer vermisst
schon einen Sodomaten!"

„Sodomiten. Nein, nein. Irgendetwas stimmt da nicht."
„Sollen wir vielleicht noch einmal nach Ftelia fahren und nachsehen, ob er noch da liegt?"
Herr, gib Hirn!
„Gute Idee. Dann kannst Du gleich bei Pandis anrufen und Deine Wunschzelle bestellen."
„Wunschzelle? So etwas gibt es?"
Hoffnungslos.

Bosganos ging zum Tisch und nahm eines der Prepaid-Handys und sagte in bestem Englisch:
„Hallo, ist da das Hotel Apollo? Hier ist Expedia London. Könnte ich bitte
mit Herrn Direktor Marangos sprechen?"
„Oh, das tut mir leid. Er liegt im Krankenhaus in Athen. Wahrscheinlich für längere Zeit, aber er hat eine Vertretung, moment, bit…"

Bosganos legte auf.

Von wegen Krankenhaus.
Mit Sicherheit im Leichenschauhaus.
Aber was soll das?
Pandis. Und sein Stricher.
Wie hatte er das geschafft?

Gut, das nächste Mal machen wir es anders.
Mit großem Getöse!
Und den Trottel hier muss ich sofort weg-schicken.

22

Mittwoch

Man sollte den Mittwoch in Telefontag umbenennen. Seit Stunden hing er am Apparat und im Kommissariat in Mykonos war es wirklich noch ein Apparat. Mit diesem Gerät hatten wohl schon die Osmanen mit ihrem Sultan telefoniert. Und der Hörer hatte das Gewicht einer Hantel.

„Kostas, ich bitte Dich um 5 Mann für eine Woche, mehr nicht!"

„Pavlos, ich habe nur zehn Mann und meine Insel ist 8-mal so groß wie Mykonos. Ein Unfall am anderen Inselende bedeutet zwei Stunden Fahrt. Ich muss ja auch ein gewisses Maß an Sicherheit gewährleisten!"

„Kostas, euer letzter Mord war 1974. Und das Opfer war die Schwiegermutter, wenn ich es richtig im Kopf habe. Es geht bei uns wirklich darum, Leben zu retten. Es darf kein dritter Mord passieren!"

„Wieso dritter? Es gibt doch bisher nur einen!", erwiderte Kostas von der Polizei auf Naxos.

Himmel.

Jetzt bin ich derjenige, der sein eigenes Geheimnis ausplaudert.

„Ich wollte ‚zweiter' sagen. Also, was ist nun?"

Er bekam 4 Mann aus Naxos, 3 aus Santorini. Dann erinnerte er sich an Arngelos´ Idee mit der Polizeischule. Die würden sich sicher über eine Woche Mykonos in der Hochsaison freuen. Tagsüber Streife in der Innenstadt, nachts die Streife durch die Beachclubs. Das wäre Pandis egal. Hauptsache, sie können noch gerade laufen und lallen nicht. Die Polizei muss sich zeigen, sonst nichts.

Der Leiter der Polizeischule mauerte zunächst, murmelte etwas von Versicherungsschutz, aber zuletzt lenkte er ein (denn Nikos hatte ihm nahegelegt, der Bitte zu folgen) und am späten Nachmittag meldete er zwölf Freiwillige.

Wo sollte er die unterbringen? Die Hoteliers gaben mit Sicherheit keine Betten her. Dabei waren sie die Nutznießer der PR-Aktion zur Beruhigung der Gemüter.

Obwohl? Ein Anruf beim Verbandsvorsitzenden könnte nicht schaden – und das war Vasilios. Bravo.

Da wäre ein Telefonat zumindest schwierig und vor allem einseitig.

Er rief Miguel im ‚Apollo' an.

„Zwanzig Mann?", sagte Miguel entsetzt.

„Denk an Vasilios! Es geht darum, seinen Mörder zu finden."

„Schon klar. Ist aber schwierig, weil wir ziemlich voll oder besser gesagt sogar überbucht sind."

Das Überbuchen in Hotels ist ein weltweiter Sport. Man nimmt mehr Buchungen an, als man überhaupt Betten hat und spekuliert darauf, dass 20% stornieren, durch Krankheit und Ähnliches. Peinlich wird es dann, wenn die Quote nicht erreicht wird und die Familie Rigatoni aus Milano an der Rezeption steht und erfährt, dass sie anstelle des Meerblicks nun eine hervorragende Aussicht auf eine wilde Müllkippe haben würde.

Aber Miguel war ein kluges Köpfchen und jemand, der nicht unnötig plapperte, sondern die Zeit nutzte, um das eigentliche Problem zu lösen.

Zehn Minuten später rief er Pandis zurück.

„Zehn zu mir schicken, acht bekomme ich in Ano Mera unter."

„Und die anderen zwei können bei mir schlafen. Super! Efcharisto, Miguel!"

Das lief doch schon mal gut.

Und sollte später zum größten Krach mit Angelos führen.

Auf kleinen Inseln gibt es keine Zeitung.
Durch den Buschfunk würde es im Grunde
genommen reichen, wenn man zwei oder
drei mitteilsame Bürger per Telefon über
etwas informiert.
Aber Mitteilungen an die Bürger erfolgten
auf Mykonos über Facebook und Twitter.
Wie man dort etwas einstellt, wusste Pandis
natürlich nicht. Dafür hatte er Jannis.
„Jannis, bitte stelle folgende Meldung
online: ‚Ab morgen wird die Polizeipräsenz
von fünf auf dreißig erhöht. Dies soll der
Sicherheit der Bürger und Gäste dienen. Die
zusätzlichen Beamten werden nur im
Außendienst eingesetzt'.“
„Dreißig? Ich dachte, es sind zwanzig?“,
warf Jannis ein.
„Wenn im Internet jeder lügt, dürfen wir das
auch.“
„Ach ja, und schick die Meldung separat
an den Hotelverband, an den
Bürgermeister...“
Pandis zögerte. Eine Intuition.
„Jannis, kann man den Absender irgendwie
verschleiern?“
Jannis lachte.
„Aber klar, Chef. Eine meine leichtesten
Übungen!“
Pandis lächelte.

„Dann schick die Nachricht auch an die ‚Goldene Morgenröte‘!"

23

„Katsakis. Hallo, mein lieber Freund!"
Katsakis und freundlich?
Das verhieß nichts Gutes.
„Danke für diese Leiche!", fügte er hinzu.
„DU bedankst Dich für eine Leiche? Da ist doch was faul, Katsakis."
„Nöö..", aber er lachte.
„Also gut: Dank Deiner Leiche komme ich in die nächste Ausgabe des Pathologen-Magazins!"
Pathologen-Magazin?
Ein Magazin mit Fotos von zerstückelten oder kopflosen Leichen. Sicher eine ideale Lektüre für einen friedlichen Abend.
„Du nimmst mich auf den Arm!"
„Nein, wirklich. Irgendeine ‚review‘, auf Englisch natürlich. Die Übersetzung macht meine Tochter!"
„Dann herzlichen Glückwunsch! Und?"
„Was und?"
„DAS ERGEBNIS, KATSAKIS, das Obduktions-ergebnis, Himmel."
„Unfreundlich wie immer", murmelte Katsakis.

24

„Nun, Du hattest zumindest mit der Richtung nicht unrecht. Verbrennungen ohne Brand."

„Ohne Brand? Wie geht das denn?

Katsakis holte tief Luft. Spannung aufbauen.

„Tod durch Feuerqualle!", sagte Katsakis voller Stolz.

„Feuerqualle? Daran kann man sterben?"

„Aber natürlich. Wenn es mehrere sind. Oder das Opfer herzschwach oder Allergiker ist. In diesem Falle waren es auf alle Fälle mehrere. Sonstige Verletzungen hatte Vasilios keine. Die Leber war ein bisschen groß. Aber das ist in der Gastronomie wohl berufsimmanent. Ach ja, dann hatte er noch einen Dammriss. Aber bei Schwulen ist das nicht ungewöhnlich. Die haben ja nichts anderes im Sinn."

Pandis Blutdruck erreichte eine letale Grenze. Katsakis, Du bist einfach ein Riesenarschloch.

„Katsakis, ich habe vergessen, Dir zu erzählen, dass ich seit zwei Monaten verheiratet bin."

„Glückwunsch, welche Irre hat sich denn darauf eingelassen?

„Es ist ein Irrer und er heißt Angelos."

Stille.

„Und ich kann Dir versichern, dass keiner von uns beiden einen Darmriss hat. Und nein, wir treiben es nicht fünf Mal am Tag!"

Immer noch Stille.

„Du?", fragte Katsakis kleinlaut.

„Ja."

Ganz leise kam ein „Herzlicher Glückwunsch" und der Standardsatz „Ich habe nichts gegen Schwule!"

Nööö. Aber blöd daherreden!

„Also zurück zu Deiner Qualle. Ich dachte immer, man bekommt nur Rötungen und Schmerzen."

„Wie gesagt, immer eine Frage der Menge. Manche Menschen sterben nach einem Wespenstich. Andere überleben fünfzig."

„Aber die Qualle ist doch ein Einzeltier. Die greifen doch nicht in Rudeln an."

Wenn man bei Quallen überhaupt von Rudeln oder Angreifen sprechen kann.

In jedem Falle widerliche Viecher.

„Und Du willst Kommissar sein? Der arme Kerl wurde wahrscheinlich in ein Bassin gesetzt, in dem die Quallen waren. Und es muss ein enges Bassin gewesen sein. Es kann definitiv nicht im Meer gewesen sein. Das Mittelmeer ist viel zu warm für diese

Gattung. Also ein kleinerer Pool mit kühlem Wasser."

„Da gibt es hier Hunderte von", warf Pandis ein.

„Du bist aber mit überhaupt nichts zufrieden!". Katsakis wurde ärgerlich.

„Ich glaube nicht, dass andere Pathologen überhaupt darauf gekommen wären!"

Armer Vasilios. Pandis kannte Bilder von Quallenopfern. Alle sprachen von höllischen Schmerzen. Und das Ganze mit vier oder fünf Tieren!

Er muss furchtbar gelitten haben.

Pandis wurde wütend. Welcher Perversling tut so etwas?

Und dann fiel bei ihm der Groschen.

Das würde Katsakis nicht gefallen.

„Dass ich nicht gleich darauf gekommen bin. Mein Hirn lässt doch nach."

Jetzt war es an Pandis, es spannend zu machen.

„Was zum Teufel meinst Du?", blaffte Katsakis.

„Tod durch Quallen. Sag mal, liest Du keine Kriminalromane?"

„Dafür habe zumindest ich keine Zeit."

„Nun, vielleicht solltest Du ab und zu einen lesen. Vorzugsweise die alten. Ich zumindest

wusste nicht, dass Nikotin das perfekte Gift
ist. Habe ich von Agatha Christie gelernt."
„Komm zur Sache, Pandis!"
„Es gibt einen Roman von Conan Doyle.
Der, der Sherlock Holmes erfunden hat.
Und in einem der Fälle waren Quallen die
Todesursache. Ich glaube, auch da wurde
das Opfer in ein Bassin geworfen. Aber
genau weiß ich es auch nicht mehr,
Bin doch schon über fünfzig."

Katsakis war mucksmäuschenstill.
Seine Weltsensation – zumindest in diesem,
seinem Fachgebiet – war keine.
Jeder würde denken, er hätte es aus dem
Buch „entliehen".
Kein Artikel im Pathologen-Magazin.
„Jetzt fällt es mir wieder ein. Es war in ‚Die
Löwenmähne', sagte Pandis.
Ich bin doch nicht ganz eingerostet.
„Der Teufel soll Dich holen", sagte Katsakis
und legte auf.
Pandis lachte.
Hoffentlich schickt er mir die Leiche nicht
aus Wut zurück. Zuzutrauen wäre ihm das.

Natürlich gehörte schon Scharfsinn dazu,
die Herkunft der Verletzungen heraus-
zufinden, Wer würde schon an Quallen
denken? In den meisten Pathologien hätte

man „Verbrennungen" auf den Toten-
schein geschrieben und das wäre es
gewesen.
Unzählige Mörder kommen auf der ganzen
Welt mit ihren Taten davon, weil man die
Pathologien finanziell ausblutet.
Es sind ja nur Tote.
Dass man weitere Morde dadurch verhin-
dern kann, kommt den Sparkünstlern nicht
in den Sinn.
Quallen also.
Wer kommt auf eine solche Idee?
Woher hatte der Mörder die Viecher?
Fischen kann man sie nicht. Rund um
Mykonos gab es keine.
Aus einem Aquarium?
Puuh!
Durch das Telefonieren rauchte ihm
ohnehin schon der Kopf. Er würde das
Denken auf später verschieben.
Er hatte leider noch einige Gespräche zu
führen.
Hoffentlich war der Mörder auch ander-
weitig beschäftigt.

25

Donnerstagmorgen

Früh aufstehen war Pandis´ Sache nicht.
Es gibt Menschen, die fleißig und hoch-
intelligent sind – und trotzdem um 7 Uhr
morgens kaum einen fehlerfreien Satz
sprechen können.
Erst mit mehreren Espressi,
pharmazeutischen Hilfsmitteln und
langsamer(!) Bewegung kommen diese
Menschen in - wenn auch mäßigen -
Schwung.
Zu diesen Menschen gehörte Pandis.
Im Grunde genommen dürfte er nicht mal
Auto fahren.
Ihm blieb aber keine Wahl. Die
Polizeischüler musste er persönlich im Hafen
begrüßen und begleiten. Die anderen
Kollegen aus Naxos und Santorini würden
von Giorgos abgeholt.
Die brauchen keine große Einweisung. Alle
waren mit Mykonos vertraut. Zwei hatten
hier sogar schon „gedient".
Auf dem Programm standen für die
Neulinge eine Stadtführung, eine Einsatz-
besprechung und dann die
Quartierzuteilung.

Dieser Tag würde nicht seinen Gefallen
finden.

26

Donnerstagnachmittag

Gott, das waren ja noch Kinder!
Das hatten die Alten sicher auch über
seinen Jahrgang gesagt. Aber dennoch: er
konnte sich nicht vorstellen, dass die in
einem Schusswechsel mit Kriminellen die
Nerven behalten.
Andererseits schießen sie sicher besser als
ich. Ich treffe nicht mal einen Elefanten auf
fünf Meter Entfernung.

Eine Stadtführung sollte immer eine Person
durchführen, die ortskundig ist. Natürlich
hätte Pandis auch Giorgos oder Jannis
abkommandieren können – beide waren
Einheimische -, aber es war eine Geste der
Höflichkeit, dass dies der Chef übernahm.
Außerdem sollten die Einwohner auch
sehen, dass er persönlich die Aktion leitete.
Marketing in eigener Sache.
„Eines vorweg: wenn Sie sich verlaufen,

fragen Sie um Gottes Willen keine
Ladenbesitzer oder andere Einheimische.
Damit machen wir uns lächerlich.
Laufen Sie einfach weiter, Sie kommen
eigentlich immer an der Promenade raus.
In größter Not rufen Sie bei uns an.
Sie schauen einfach ernst. Und bitte
verhaften Sie keine älteren Damen mit
dünnen Kerzen. Es gibt fünf Kapellen in der
Innenstadt.
Gelächter.
Und dann passierte es.

Er bog mit der Gruppe nach rechts ab.
„Und hier sehen Sie eine unserer berühmten
Sackgassen!"

27

Zurück im Büro fiel ihm siedend heiß ein, dass er noch den Hafen und den Airport anrufen musste.

Oder besser: das soll jemand anders machen.

„Jannis! Ruf Kostas im Hafen an und den Flughafen. Ich will wissen, ob Bosganos oder sein Schoßhund die Insel verlassen!"

„Aber wie soll Kostas das bei den Fähren machen? Der stellt sich doch nicht an jede Fähre auf die Gangway!"

Pandis grinste.

„Sag ihm, dass ich es so wünsche. Und Du wirst sehen, er springt zwischen den Häfen hin und her."

Jannis verstand gar nichts.

Pandis hatte Kostas seit der Ferrari-Morde in der Hand. Gefälligkeiten im Tausch für eine Haftstrafe? Kostas wählte – wie überraschend – Variante 1.

28

Im Büro wartete schon die erste Überraschung, Giorgos.

„Der Schoßhund hat die Insel verlassen!"

„Maglos?"

„Ja, heute Morgen. Die Fähre nach
Rhodos."

„Da bleibt er sicher nicht. Aber das Ticket
für die Weiterfahrt wollte er nicht hier
kaufen. Oder besser gesagt: man hat ihm
gesagt, es nicht zu tun. Schade, er selber
wäre so dämlich gewesen."

Aber Pandis glaubte zu wissen, wohin der
Schoßhund wollte.

Wir haben sie also aufgeschreckt. Heißt:
Angelos´ Theorie bleibt im Raum.

Immerhin. Ein Spürchen.

Viel mehr als bisher.

„Sag den Kollegen in Rhodos Bescheid, sie
sollen das Ziel herausfinden!"

Oder besser; bestätigen.

29

„Für König und Vaterland!"

„Ah, Spezialagent Pandis!", antwortete Nikos.

„Du hast fünf Tage Verspätung."

„Ich hatte einen Mord."

„Weiß ich doch."

„Nein, ich meinte noch einen, einen zweiten!", sagte Pandis.

„Oh Mist. Was hast Du auf der Versammlung mitbekommen? Entschuldige, aber für mich steht die GM im Mittelpunkt", meinte Nikos.

„Tja, weißt Du, ich habe einen leisen Verdacht, dass da eine Verbindung besteht."

Stille.

„Weißt Du, was Du da sagst?"

„Wohlgemerkt Verdacht. Gleichwohl…"

Von dem zweiten Mord wusste Nikos – wie der Rest der Welt - noch nichts.

Und war dementsprechend sprachlos.

„Einen Mord geheim zu halten und das auf einer winzigen Insel, das ist eine reife Leistung. Und eine gute Idee. Entweder der Mörder wird nervös und macht einen Fehler…"

„…oder es beschleunigt die dritte Tat. Vor dem Dilemma stand ich. Ich habe zwar zwanzig Polizisten zusätzlich auf der Insel, auch Dank Dir, aber die wissen nicht, auf was sie achten sollen. Ich kann nicht neben jeden Deutschen, Türken, Schwulen, Schwarzen und was weiß ich noch, einen Polizisten stellen. Und dass einer der Verdächtigen nach Rhodos fährt, ist auch kein schlagender Beweis. Was passiert, wenn ich vollkommen daneben liege?"

Bei Nikos konnte er seine Selbstzweifel loswerden, im Büro, unter den Kollegen, ging das nicht. Dort musste er Zielstrebigkeit und Entschlossenheit demonstrieren.

Wer vertraut einem Kommissar, der durch die Flure geistert und dauernd sagt:

„Ich weiß nicht" oder „Was mache ich jetzt?"

Oder gar: „Ich bin vollkommen ratlos."

„Falscher Ansatz, Pandis. Gehe von Deiner Theorie aus. Es gibt keine andere. Und für eine Theorie brauchst Du keine gerichtsfesten Beweise,"

Das sagte er Aris auch immer. Die Polizei muss nicht alles aufklären. Kann sie auch meist nicht.

„Ehrlich gesagt, stammt die Theorie von Angelos. Ich will mich nicht mit fremden Federn schmücken."

„Stimmt euer Verdacht, dann wäre es... ein Hammer! Eine nach außen friedfertige, wenn auch zweifelhafte Partei, mordet. Das würde zu landesweiten Razzien führen und letztendlich zum Verbot. Demonstrationen für und gegen das Verbot. Ein politisches Erdbeben ersten Ranges".

Nikos war richtig aufgedreht.

„Das wäre dann Deine Angelegenheit. Ich will nur Morde aufklären und verhindern, wenn das noch möglich ist",

wand Pandis ein.

„Aber hast Du mal daran gesagt, dass diese Morde nicht die ersten dieser zwielichtigen Herren sind?"

„Daran will ich gar nicht denken, sonst werde ich noch verwirrter."

Kurze Pause.

„Ich bin mir sicher, Du hast schon einen Plan und möchtest mir Deine technische Wunschliste durchgeben. Wobei die letzten Geräte noch bei Dir sind, oder? Und einer meiner Agenten!", meinte Nikos süffisant.

„Ich gestehe!", antwortete Pandis.

„Ich brauche so einen Sender, den man am Auto befestigen kann, sonst kann ich die Verdächtigen nicht beschatten. Für das normale Observieren habe ich nicht genug Personal."

„Hallo! Du sprichst nicht mit einem Amtsrichter, den Du überzeugen musst, einen
Durchsuchungsbefehl auszustellen. Sag mir
einfach, was Du brauchst."

„Dann weiter: einen Satz Knopfmikrofone.
Und zehn Nachtsichtgeräte. Einen Scharfschützen habe ich ja schon, einen zweiter
wäre nicht schlecht. Kleiner Scherz. Meine
Schusskünste sind nicht die besten!"

„Ich weiß", meinte Nikos. „Du hast alle
Schießprüfungen bei der Polizei gefälscht."
Pandis war baff.

„Woher wisst Ihr das?"

„Für König und Vaterland, Pandis!"
Paul grinste.

„Geht das alles in Ordnung?"

„Morgen Vormittag 11.00 Uhr am
Flughafen, wenn…"

„...wenn Ryanair keine Verspätung hat!",
ergänzte Paul.

„Quatsch, wenn ich nicht verschlafe!"

30

Samstagvormittag

Wieder ein Wochenende im Dienst

Jaja. Ein Polizist muss das aushalten. Aber Polizist ist nicht gleich Polizist. Pandis war Anfang 50 und der Druck machte sich bemerkbar. Dabei würde ein Tag Ruhe wahrscheinlich mehr bringen als ein Tag ermitteln. Man müsste mit dem Mörder einen Waffenstillstand schließen können. Vielleicht war der ja auch müde.

Wie gerne würde er einen ganzen Tag mit Angelos im Löffelchen im Bett liegenbleiben. Zur Not auch ohne Sex.

Angelos sah, wie derangiert Paul war. So gab es eine Morgenmassage, bei der Pandis brummte wie ein Bär. Das Frühstück gab es ans Bett – und für die folgende Nacht Sexverbot.
„Mein älterer Herr muss sich mal aus-schlafen!", meinte Angelos und ging joggen.
Verblüfft lag Pandis einfach so da.
Meine Ex-Frau hätte 60 Minuten gekeift, mir das Tablett um die Ohren gehauen und

wäre dann mit meiner Kreditkarte Shoppen gegangen.

Kurz dachte er über den Vorschlag „Hausmann" nach. Was gingen ihn im Grunde diese Morde an? Solange niemand ihm oder Angelos an den Kragen ging …

31

Zwei Stunden später holte die Familie
Pandis Nikos vom Flughafen ab.
Er und Angelos umarmten sich wie Vater
und Sohn.
„Gott sei Dank bist Du hetero, sonst wäre
ich jetzt eifersüchtig", sagte Paul.
„Weißt Du, ich sehe meinen Mitarbeiter so
selten. Helf mir auf die Sprünge. Woran liegt
das nochmal? Weil ein älterer Herr dem
Jungen den Kopf verdreht hat?", gab Nikos
zurück.
„Na, das war wohl umgekehrt. Gott sei
Dank!"
Die drei lachten und fuhren nach Kalafati.

„Schön hast Du es hier, Paul!"
„Ihr, Nikos. Gewöhn Dich dran!"
„Entschuldigt".
„Dann kochen wir mal für unseren Gast!"

Paul stand am Fenster und sah, wie Angelos
zum Haus zurücklief. Plötzlich vernahm er
einen Schatten wenige Meter hinter ihm.

Er rannte zum Tisch und nahm sich Angelos
Waffe. Wie immer ungesichert.

Er rannte zur Türe. Gerade noch rechtzeitig.
„He, Du Stricher!"
Der Angreifer hob den Baseballschläger –
da schoss Pandis.
Und traf. Der Angreifer fiel zu Boden.
Angelos rollte sich nach rechts weg.
Ein zweiter Schatten. Er lief in Richtung
hinter das Haus.
„Stehenbleiben!"
Zu Pandis´ Überraschung blieb der zweite
Mann stehen.
„Umdrehen!"
Der Mann gehorchte.
Und Pandis schoss auch ihm mitten ins
Auge.

Wie in Trance hörte er Angelos´ und Nikos´
Stimmen.
„Paul. Gib mir die Waffe. Bitte. Mir geht es
gut. GIB MIR DIE WAFFE."
Paul gab sie Angelos, der ihn ins Haus
schob. Pandis war wie schockgefroren.
Nikos war noch draußen, bei den beiden
Angreifern. Gesichert von Angelos, für den
Fall, dass es noch mehr Schläger gab.
„Alles sauber, Angelos!"
Nikos ging noch einmal nach draußen,
diesmal mit der starken Taschenlampe.
Als er wieder ins Haus kam, schüttelte er nur
den Kopf.

„Unser Kommissar hat beiden mitten ins Auge geschossen!"

Es war nicht Angelos, der zitterte, sondern Paul, der erst mit Verzögerung begriff, was passiert war und was er getan hatte.

Erst in den Armen von Angelos kam er langsam zu sich.

„Ist Dir etwas passiert?", fragte er Angelos.

„Nein. Dank Dir nicht! Ich fasse es nicht. Zwei Schüsse und beide in die Augen. Bei Dunkelheit. Hast Du trainiert?"

„Nein. Es war wohl nur … blanker Hass."

„Nikos, die Polizei können wir nicht rufen. Bei der zweiten Leiche wird jeder wissen, dass Paul von vorne geschossen hat, nachdem der Typ sich ergeben hat. Ich kann ja nicht an zwei Stellen gleichzeitig angegriffen worden sein. Was tun wir?"

„Der zweite Mann hat mich angegriffen, Angelos. Begriffen? Paul hat erst Dich gerettet und dann mich. Den Fall übernehmen ohnehin wir, also. Ich rufe den Hubschrauber."

Als er das Nötigste veranlasst hatte, stand Nikos kopfschüttelnd da. „Warum hat er auf den Zweiten geschossen?"

Angelos ging zum Fenster und sagte:

„Ich glaube, er würde jeden töten, der mir etwas antun will."

Nikos nickte nur. „Er hat, Angelos, er hat!"

„Das waren zwei Schüsse mitten ins Schwarze. Wie ... egal. Ihr seid in Gefahr, Angelos."

„Ich weiß, Nikos. Aber ich glaube, da oben braucht jemand meinen Beistand!"

„Klar. Kümmere Dich um unseren neuen Meisterschützen. Am Besten gibst Du ihm Valium!"

„Nein. Bei Paul hilft immer etwas anderes!"

„Wie kann man fünf Minuten nach so etwas an Sex denken?"

Und Angelos wurde knallrot vor Zorn. Und wurde laut. Auch bei ihm kam jetzt das Flattern.

„Wer redet denn von Sex? Fürs Protokoll: wir sind keine Karnickel!"

„Herrje. Entschuldige. Ich habe Dich missverstanden. Tut mir wirklich leid."

„Klopf, klopf, darf ich rein?"

„Ist doch auch Dein Schlafzimmer. Beinahe wäre es nur noch meins gewesen."

Er zitterte.

Pandis lag auf der Seite.

Angelos legte sich hinter Paul, den Arm auf seine Brust.

Paul wurde ruhiger.

Angelos flüsterte ihm ins Ohr: „Valium auf zwei Beinen."

„Wären es vier gewesen, hätte ich vier erschossen."
„Ich weiß."
„Ich bin ein Mörder, Angelos. Der Andere hatte die Hände oben."
„Scht. Er hätte mich genauso erschlagen wie der andere Typ. Du wolltest mich beschützen. Daran ist nichts verkehrt. Im Gegenteil. Und jetzt entspann Dich."

Nikos war die Treppe hochgegangen und stand unter der Tür.
Das war wirklich unfassbar.
Die beiden waren wie eins.
Nichts würde sie je trennen können, außer der Tod. Da war er sich nach diesem Abend sicher.

Am nächsten Morgen saßen die drei beim Frühstück.
Die Leichen hatte man diskret entfernt.
„Zumindest einen positiven Effekt hatte der gestrige Abend. Ich weiß, dass es immer und überall passieren kann", sagte Paul.
„Also muss ich mich bei Deinem nächsten Einsatz nicht mehr fürchten als normal.", sagte Paul zu Angelos.
„Wobei ich seit gestern nicht weiß, ob ich Dich nicht als Leibwächter mitnehmen sollte!"

Angelos lächelte.
Und dann gab es zum ersten Mal im Hause
Pandis einen Riesenkrach.

32

Es läutete an der Tür.
Der zweite Scharfschütze.
Loukas.
Himmel, dachte Pandis. Noch so ein
Muskelkörper mit ebenerdigem Gesicht.
„Loukas. Mann, wann haben wir uns das
letzte Mal gesehen?", sagte Angelos
freudig und umarmte Loukas.
„Hallo Chef! Und Du bist bestimmt Paul!"
Loukas lächelte Paul an.
Pandis ging zu Nikos und flüsterte ihm ins
Ohr:
„Bist Du Dir sicher, dass Du nicht auch
schwul bist? Das sind keine Scharfschützen,
das ist ein Adonis-Regiment!"
„Ich bin verheiratet, Paul!"
„Ach ja, das war ich auch. Bis mir DEIN
MITARBEITER die Zunge in den Hals
gerammt hat!"
„Und Du hast Dich gewehrt oder wie war
das?"

Pandis lächelte.

Und dann hörte er den Satz.

„Selbstverständlich wohnst Du bei uns, Loukas!"

Garantiert nicht. Das ist unser Zuhause. *Dachte* Pandis.

Aber er traute sich nicht, es auch zu *sagen*.

Pandis schaute etwas betreten. „Äh, ja", und ging in die Küche.

Doch Paul war für Angelos ein offenes Buch.

Angelos kam hinterher.

„Was ziehst Du für ein Gesicht? Das ist ein Kollege! Und der ist nebenbei hetero. Kein Grund für Eifersucht."

„Hetero war ich auch, bis Du aufgetaucht bist!"

„Bereust Du irgendetwas? Dann sag es mir."

Stopp, Pandis.

Das gerät auf eine gefährliche Bahn.

„Ach Nonsens. Ich finde nur, Du hättest mich fragen können?"

„Warum? Weil es DEINE Wohnung ist?"

Paul entgleiste das Gesicht.

„Das war jetzt unter der Gürtellinie. Und zwar weit. Ich habe Dir garantiert nie das Gefühl gegeben, hier nur Gast zu sein!"

Aber Angelos war schon auf dem Weg nach draußen.

Verflucht. Wer sagte ihm nun, ob er richtig oder falsch lag.

Loukas spürte natürlich, dass etwas nicht stimmt.

„Ich kann auch im Hotel schlafen!"

„Aber nur über meine Leiche. Du bleibst hier. Basta!"

„Ich will aber nicht schuld an einem Ehekrach sein!"

„Bist Du nicht. Da geht es um etwas ganz anderes."

Und der Abend wurde richtig übel. Unten erzählten sich Angelos und Loukas die Geschichten ihrer letzten Einsätze und lachten. Laut.

Pandis hatte sich aufs Bett gelegt und zermarterte sich das Hirn. Liege ich falsch? Viel wichtiger: wie kriege ich das wieder hin?

33

Stunden später kam Angelos herein und
sagte nur: „Ich schlafe unten. Gute Nacht!"
„Angelos, bitte …"
Aber da war die Türe schon zu.
Oh Gott.
Er schläft unten? Bei Loukas? Was, wenn …
Paul wurde schlecht.
Es klopfte.
Hoffnung.
Aber vergebens: es war nur Nikos.
„Paul, darf ich rein?"
Pandis konnte nicht reagieren.
„An der Stelle heißt es immer, ‚es geht mich
ja nichts an'…"
„Natürlich geht es Dich etwas an. Du bist
mit uns beiden befreundet. Ich habe keine
Ahnung, ob ich vorhin richtig lag oder
nicht. Aber ganz egal. Seine Antwort war
…"
Und Nikos war erstmal still. Das schätzte
Pandis sehr an ihm. Nicht einfach
losplappern.
„Paul, hier geht es nicht um die Wohnung
oder Loukas, es geht um Deine verfluchte
und vollkommen grundlose Eifersucht.
Auf einen Kollegen! Bescheuert! Der würde
Angelos wahrscheinlich sogar eine knallen,
wenn er ihn anfassen würde."

Und Paul rutschte immer tiefer unter die Decke.

„Frage: Hat er Dich jemals betrogen? Er schaut andere nicht mal an! Geschweige denn, dass er mit Einem spricht oder gar flirtet! Und das auf Mykonos. Und in seinem Alter. Vergiss das nicht."

„Als ob ich das Alter vergessen würde. Ich denke mir immer, er wird nicht sein restliches Leben mit mir verbringen wollen!"

„Du hältst ihn für einen solchen Idioten, dass er sich vorher nicht genau überlegt hat, was er tut, als er Dir den Antrag gemacht hat? Unser Angelos, der alles analysiert und abwägt? Glaub mir, er kam einfach zu dem Ergebnis, dass das hier genau das ist, was er will! Und Du dankst es ihm mit so einem peinlichen Aussetzer."

„Jetzt hast Du es mir aber richtig gegeben!"

„Habe ich denn Unrecht?"

Stille.

„Du hast mit allem recht und ich bin ein Arschloch!", meinte Paul kleinlaut.

„Wie krieg´ ich das jetzt wieder hin?"

Panik. Schiere Panik.

„Ich nehme Loukas mit in die Stadt. Ich bin Angelos´ Chef, also wird er es akzeptieren müssen. Und Du findest dann die richtigen Worte."

Paul nickte.

Er hörte, dass Angelos vehement protestierte und Loukas auf beide beruhigend einredete.
Hoffentlich bleibt ER hier.

Paul ging leise die Treppe hinunter. Er zitterte und musste aufpassen, dass er nicht stürzte.
Er schaute vorsichtig ins Wohnzimmer. Leer.
Er schaute in die Küche.
Dort saß er am Küchentisch, stützte den Kopf auf die Arme und starrte zum Fenster hinaus.
Paul ging neben dem Stuhl auf die Knie.
„In mir ist nur Leere. Oder das schwarze Nichts. Bitte verzeih mir."
Und dann fing Angelos an zu reden.
Gott, ich danke Dir!
„Ich habe in all der Zeit nie mit einem Anderen gesprochen oder geflirtet, geschweige denn geschlafen. Treuer kann man nicht sein. Nicht, dass es mich Überwindung kostet, treu zu sein. Überhaupt nicht. Der glücklichste Tag war nicht die Hochzeit, sondern der Tag, an dem Du meinen Kuss erwidert hast und ich wusste: ja, du hattest recht mit deiner Vermutung, dass Paul Pandis dich, den kleinen Jungen mag und vielleicht lieben lernt."

„Lernt, Dich zu lieben? Das hat nicht eine Sekunde gedauert. Und hat sich nicht geändert. Es ist mit jedem Tag mehr geworden. Du hast mir nie einen Grund gegeben, eifersüchtig zu sein. Nie. Mit meiner Angst, Dich zu verlieren, mache ich alles kaputt. Und es gäbe nichts Schlimmeres für mich, als ..."

Paul konnte nicht weiter.

„Du bist ein Riesenidiot. Ich verspüre keinen Drang, jemand anderen haben zu wollen. Du bist im Kopf viel jünger als 53 und ich bin viel älter als die 28 auf dem Papier. Wir sind näher beieinander als Du glaubst."

Angelos machte eine kurze Pause.

„Natürlich mit dem Unterschied, dass ... ich viel besser aussehe!"

Da wusste Paul, dass der Horror im Kopf vorüber war. Er musste gleichzeitig lachen und weinen.

Plötzlich nahm ihn Angelos in den Schwitzkasten und schleppte ihn ins Bad.

„Was machst Du?", presste Paul hervor.

Angelos öffnete die Duschkabine und stieß Pandis hinein. Und stellte das Wasser an. Eiskalt.

Paul schrie und wollte heraus. Angelos stellte das Wasser ab. Paul zitterte.

„Sprich mir nach: Ich werde nie mehr eifersüchtig sein. Los!"

Paul sagte sein Sprüchlein.

„Lauter!"

Dann stellte Angelos das Wasser wieder an, diesmal warm. Und er kam mit unter die Dusche.

„Du bist ein Sadist, Angelos!"

„Vielleicht, aber ich bin Dein Sadist!"

34

Sonntagmittag

Der Abend – und das Duschen. Beides
forderte Tribut. Pandis war irgendwie in
Watte gepackt.
Aber trotz der letzten drei Tage mit ihrem
Horror war er glücklich.

„Aris. Hallo Paul!"
„Hallo. Du, ich bin im Stress!"
„Ist aber wichtig. Ich habe eine Idee.
Verbrennungen ohne Brandwunden.
Quallen! Es könnten Quallen sein!"
Aris war Hobby-Fischer.
„Danke, Aris. Aber das weiß ich schon."
Den Satz ‚Das weiß ich schon', kühlt jedes
Gespräch ab.
„So? Aber ich kenne einen Fall, indem ein
Mann durch Quallen getötet wurde!"
Pandis gähnte.
„Auch das weiß ich schon. Das war aber
kein Fall, sondern ein Roman. Sherlock
Holmes und die Löwenmähne."
„Was faselst Du da? Ich spreche von einem
richtigen Mord, hier in Griechenland!"
Aris war sauer.
„Aris, entschuldige, ich bin unsäglich
müde."

Pandis hatte keine Kraft, Aris von seinen
Schießkünsten zu erzählen. Zudem hatte
ihm Nikos empfohlen, nicht darüber zu
reden.

„Das mit dem Quallenmord kann gar nicht
sein, weil es bei uns keine Feuerquallen gibt.
Und ich glaube nicht, dass jemand an die
Nordsee fährt und dort Quallen fängt!"
Jetzt konnte man das Lächeln von Aris
selbst durchs Telefon sehen.

„Man merkt, dass Du Festlandgrieche bist.
Keine Ahnung von Fischfang!"

„Zur Sache, Aris, zur Sache!
Pandis kannte seine Schwächen selber.

„Es gibt Feuerquallen nur in kaltem Wasser."
Ich bringe ihn um.

„Bitte nicht portionsweise. Sag, was Du
sagen willst."
Aris war wieder pikiert.

„Nun, nicht überall ist das Wasser bei uns
warm. In Thrakien kann es sehr kalt sein.
Dort kommt kaltes Wasser aus dem
Schwarzen Meer, zusammen mit kaltem
Wind."
Den kalten Wind kannte – und hasste
Pandis. Der kam sogar hinunter bis nach
Mykonos. Und war unerträglich für Nicht-
Insulaner.

„Also gut, es gibt also Feuerquallen in
Thrakien. Und weiter?"

Thrakien? Pandis suchte in seinem Großhirn nach einer Landkarte. Die war aber schon 30 Jahre alt. Thrakien war Dunkelgriechenland. Irgendwo an der türkischen Grenze.

„Jedenfalls war ich gestern in Xanthi."

„Wo?"

„XANTHI, Paul. Und Du willst Grieche sein?". Aris war wirklich empört.

„Xanthi. Thrakien. Ich war dort, um den örtlichen Kandidaten unserer Partei im Wahlkampf zu unterstützen."

„Bekommt der dann zwölf Stimmen statt Deinen zehn?"

Aris war überzeugter Kommunist. Auch wenn diese Gattung auf der Welt nur noch selten zu finden ist, aus historischen Gründen – dem Bürgerkrieg – gab es „die Partei" in Griechenland noch immer.

Bei den Wahlen auf Mykonos kamen die Kommunisten immer auf genau zehn Stimmen. Aris und noch neun andere Nostalgiker.

Aris lachte.

So sind wir Griechen.

In fünf Minuten Telefonat von Empörung bis hin zu Begeisterung. Normal gibt´s hier nicht.

„Jetzt hör´ doch mal zu. Vor der Veranstaltung war ich mit bei seinen Eltern.

Und ich habe beim Essen von unseren Morden erzählt!"

„Was für ein nettes Tischgespräch", warf Pandis ein.

„HÖR ZU! Er hat vom Bürgerkrieg erzählt. Der war da oben heftig, weil direkt an der Grenze zu Bulgarien und der Türkei. Thrakien war immer ein Zankapfel."

Aris´ Geschichtsstunde.

„Auf jeden Fall waren die Rechten da oben besonders grausam. Bei einem Mord legten sie den Leichnam auf einen Altar."

Zu wenig, Aris.

„Bei einem anderen verfütterten sie einen Jungen an die Schweine!"

Pandis würde ab sofort nur noch Lamm essen.

„Beim dritten Mord setzten sie einen alten Mann in ein Ölfass mit Quallen!"

Stille.

„Hättest Du das nicht gleich sagen können?"

„Weißt Du, Paul, manchmal bist Du ein richtiger Arsch!"

„Ich weiß. Was hast Du sonst noch?"

„Nichts. Wir mussten sofort zu der Wahlkampfrede. Danach musste ich sofort weg. Drei Stunden mit einem KTEL Bus bis Thessaloniki und dann noch der Flug nach Athen und…"

„...dann mit Ryanair hierher und die hatten eine Stunde Verspätung."

„Idiot."

„Mein lieber Aris. Ich befürchte, Du musst die Strapazen nochmal auf Dich nehmen."

„Warum ich?"

„Weil Deine Parteigenossen der Polizei immer noch nicht trauen. Deswegen!"

Aris stöhnte, aber er wusste: Pandis hatte recht!

„Und außerdem kann ich im Moment nicht weg!"

„Den Grund kenne ich. Er beginnt mit ‚An' und hört mit ‚gelos' auf. Dafür habe ich aber etwas gut bei Dir!"

Und schon bald würde sich Pandis revanchieren können.

Pandis wusste noch nicht, wie er Aris´ Nachricht einschätzen sollte. Warten wir erst ab, was Aris´ Reise erbringt.

„Giorgos wird später den Sender anbringen. Ihr müsstet dann die Überwachung am Bildschirm übernehmen. Aber ich denke nicht, dass die nächsten Tage etwas passiert. Wir hatten in der Mitteilung ja angegeben, dass die Zusatzkräfte zunächst für eine Woche bleiben."

„Was wir brauchen, ist zunächst ein
Bewegungsmuster von Herrn Bosganos",
meinte Angelos.
Genau richtig.

35

Mittwoch zuvor

Lefkosia. Oder Nicosia für den Rest der
Welt. Die einzige Hauptstadt der Welt, die
noch immer geteilt ist. Und zwar geteilter als
es Berlin je war. Zwischen den beiden Teilen
stehen Friedenstruppen, die Griechen und
Türken trennen. Grenzübergänge wie in
Berlin? Nein. Ein einziger. Natürlich waren
auch die meisten West-Berliner nie im
Osten. Aber in Nicosia war nur eine
Handvoll Menschen jemals auf der anderen
Seite.
Zu groß der Hass. Seit damals.
1974.
Eine offene Wunde in der griechischen
Seele. Für jeden Griechen ist Zypern irgend-
wie Teil des Landes. Die Mehrheit der Bevöl-
kerung ist griechisch, eine Minderheit
türkisch.

Den griechischen Schüler bringt man heute noch bei, dass Zypern 1974 von den Türken überfallen wurde.

Was so natürlich nicht stimmt, denn wie so oft gab es eine Vorgeschichte.

Die zyprische Regierung verfolgte immer eine Politik des Ausgleichs. Bis junge, griechische Offiziere putschten. Die Regierung in die Berge vertrieben. Mit dem Ziel, Zypern an Griechenland anzuschließen. Der alte Traum von Groß-Griechenland. Ob die Gerüchte um einen Anschluss nun gezielt von den Türken befeuert wurden oder ob man tatsächlich nur die türkischen Zyprer beschützen wollte – Ankara jedenfalls griff an, mit Billigung der Amerikaner. Zehntausende Griechen wurden aus dem Norden vertrieben. Selbiges Schicksal ereilte die Türken im Süden. Grausamkeiten auf beiden Seiten. Bis zum Waffenstillstand, der eine Grenze quer durch Zypern und quer durch Nicosia schaffte. Ein Irrsinn.

Doch bis heute Realität. Ohne Aussicht auf Änderung.

Und auch das Reisen hat seine Tücken. Zumindest von Griechenland aus.

Das musste auch Takis Maglos, der Schoßhund, erfahren.

In Rhodos angekommen, sollte er mit der Fähre in die Türkei, weiter mit dem Bus, dann die Fähre nach Nord-Zypern und mit dem Bus dann nach Nicosia-Nord. Und dann über die Grenze. 30 Stunden.

Wirklich nicht. Vorsicht schön und gut. Aber zu den Türken? Niemals.

Er fuhr vom Hafen zum Airport Rhodos und buchte einen Flug nach Nicosia.

„Einen Flug nach Nicosia?", fragte die junge Frau am Schalter und lachte.

„Nicosia hat keinen Flughafen mehr. Sie können nur nach Larnaca."

„Dann halt dahin."

„10.30 Uhr Boarding, Gate 3."

13 Minuten später bekam Kommissar Pandis die Nachricht über Maglos´ Weiterflug.

„So ein Idiot", dachte Pandis.

„So ein Idiot", dachte auch Konstantinos Milas in Nicosia.

„So ein Idiot", dachte auch Bosganos 20 Minuten später.

36

Mittwoch zuvor, Zypern

Am Flughafen Larnaca stand Maglos
zunächst ratlos herum. Dann kam ein
bulliger Mann mit Sonnenbrille auf ihn zu.
„Kamerad Maglos?"
„Der bin ich."
„Mitkommen."
Sehr gesprächig war der andere Kamerad
nicht. Auf der einstündigen Fahrt nach
Nicosia sagte er zu Maglos kein Wort.
Als sie Nicosia erreichten, bogen sie rechts
in ein Industriegebiet ab, alles ziemlich
verwahrlost. Am Ende der Straße fuhren sie
in einen Hof. Ein abgetakeltes Gebäude.
„Gehörte früher einem Türken, eine alte
Autowerkstatt", waren die ersten Worte des
Fahrers.
Mit Fernbedienung öffnete er das Tor.
„Herzlich willkommen in unserem
Hauptquartier!"
Sie fuhren durch ein zweites Tor.
Dahinter war nichts mehr abgetakelt.
Mehrere SUVs in perfektem Zustand.
Eine hypermoderne Werkstatt.
„Steig aus, Kamerad. Du bist bestimmt
hungrig."
„Da kannst Du Gift darauf nehmen."

Sie gingen durch mehrere Räume, die eher nach Konzernzentrale aussahen, denn als alte Werkstatt.

In einem Raum hing an der Wand ein riesiges Display mit den neuen Grenzen, den Grenzen von Groß-Hellas.

„So wird unser Vaterland bald aussehen, Kamerad!"

Überall sah Maglos junge Menschen. Das erstaunte ihn. Bei ihren Versammlungen auf Mykonos waren es ausschließlich alte Männer. Offensichtlich war die Organisation anderswo breiter aufgestellt und besser ausgestattet. Überall standen Computer und modernste Druckmaschinen.

„Möchtest Du vor dem Essen noch unseren größten Schatz sehen?", fragte Maglos´ Begleiter.

Auf einer Tastatur gab er einen Code ein. Die Tür öffnete sich.

Maglos traute seinen Augen nicht.

In der riesigen Halle lagerten unzählige Waffen und zwar zum Teil größte Kaliber. Maschinengewehre. An den Wänden hingen die Handfeuerwaffen. Und alles, soweit er es beurteilen konnte, war neueren Datums. Beeindruckend.

„Damit werden wir unseren Kampf gewinnen, Kamerad!"

„Aber Du wirst nicht dabei sein!"
Der Mann schoss Maglos in den Kopf.

37

Samstag

Giorgos hatte den Sender an Bogdanos´
Wagen befestigt, im Radkasten, wie von
Nikos befohlen. Eine der Mini-Wanzen
konnte er durch ein offenes Fenster auf die
Rückbank werfen. Da diese übersäht war
mit Papier, Wahlkampfzetteln und Plakaten,
bestand die Chance, dass sie unentdeckt
blieb. Pandis dankte dem Wettergott für die
schrecklich schwüle Nacht, in der das
Thermometer nicht unter 23 Grad fallen
würde. Fenster auf, hieß die Devise – und
Wanze hinein. Nun konnten sie ihn nicht nur
„tracken", wie Nikos immer sagte, sondern
zumindest im Auto auch noch abhören.

Wenn Bogdanos überhaupt etwas mit den
Morden zu tun hat. Noch war er sich nicht
restlos sicher. Er wagte gar nicht daran zu
denken, dass …

Nikos und Angelos meldeten sich aus dem Hotel.

„Laut Tracking steht sein Auto seit 15 Minuten in Fugo."

Pandis lachte.

„Foko, Nikos! Nix japanischer Kugelfisch. Aber das ist in Ordnung. Da wohnt er. Außerdem habe ich über Facebook verlauten lassen, dass die Polizisten Montag abgezogen würden. Heißt, ich würde frühestens erst Montagnacht zuschlagen."

38

Sonntagnachmittag

Pandis, Angelos, Loukas und Nikos saßen im Solymar in Kalo Livadi. Eine Einsatzbesprechung kann man auch an schönen Orten machen. Nebenbei lag Kalo Livadi nur zwei Kilometer von Zuhause entfernt. Die Funkverbindung war gut, Bogdanos war noch immer in seinem Haus in Foko. Hoffentlich kommt der Anruf von Aris vor dem Abend, dachte Pandis. Er hatte das unbestimmte Gefühl, dass der oder die Mörder den Montagabend für ihre nächste Tat wählen würden.

„Das Risotto für 35 Euro? Für ein wenig Reis mit Soße? Das kostet die doch nur 2 Euro!", meinte Nikos entsetzt.

Er kam aus dem tiefsten Mazedonien.

„Das ist der Preis für den Ausblick. Gut, auf meinem Balkon wäre letzterer umsonst, aber der Espresso hier ist besser!"

„Lass mich raten: 7 Euro?".

Angelos lächelte.

„Günstige 6,50 Euro".

Grundgütiger, wann würde Aris anrufen? Würde sich der Großvater an irgendetwas erinnern? Es war immerhin 70 Jahre her!

Und würde es ihn voranbringen? Er könnte hinterher auch mit Null Komma Null dastehen. Wie ein Idiot.

Pandis lächelte Angelos an. Der konnte mit den Ereignissen des Vortages besser umgehen als er. Aber Angelos kannte diese Situationen, Pandis nicht. Er hatte noch nie einen Menschen erschossen. Geschweige denn zwei.

Das Handy brummte. Endlich.

„Aris. Dafür zahlst Du die nächsten vier Dienstag-Essen. Mindestens. Vier Stunden von Saloniki nach Xanthi. Die Straße haben wohl noch die Osmanen gebaut. Mann, oh, Mann. Und der Großvater ist auch noch schwerhörig. Ich musste alles drei Mal fragen."

„Aris! Wenn Du nicht sofort zur Sache kommst, dann…"

„Gut. In einem Wort: Volltreffer und zwar doppelt."

Just in dem Moment kam ein zweiter Anruf. Mist. Ausgerechnet jetzt. Aber er musste rangehen.

„Aris, warte bitte!"

Es war Giorgos.

„Aber schnell, ich hab noch ein Gespräch in der anderen Leitung."

„Alles klar. Die Polizei in Nikosia hat die Leiche von Maglos in den Bergen gefunden. Sie hatten ihn in Larnaca nach der Landung fotografiert. Das Foto stimmt mit der Leiche überein. Kopfschuss!"

Da war sich Pandis ENDLICH sicher, dass es die richtige Spur war. Und Aris würde weitere Teile der Geschichte beisteuern. Wenn er es schaffte, zumindest ein grobes Bild zu zeichnen, könnte er nicht nur den Fall lösen, sondern weitere Morde verhindern.
„Aris, weiter – und bitte nur das Wichtige. Ich glaube, dass vielleicht heute noch etwas passiert."
Das glaubte er zwar nicht, beschleunigte aber das Telefonat.
„Mitarbeitermotivation ist nicht Deine Stärke. Also: Die Gruppe Rechter in Xanthi nannte sich schon damals ‚Morgenröte', aber ‚Griechische Morgenröte'. Sie haben einen kommunistischen Partisanen gefoltert, ihm die Kehle durchgeschnitten und auf einem Altar drapiert."
Pandis wurde ungeduldig.
„Ja, und Leiche 2 wurde an die Schweine verfüttert. Aber Schweine gibt es auf Mykonos nicht."

Stille. Aris war beleidigt. Pandis bekam ein schlechtes Gewissen. 3 Stunden Flug, zusammen 8 Stunden Bus und das alles an einem Sonntag. Zumal es seine Aufgabe gewesen wäre, nach Xanthi zu fahren.

„Entschuldige, Aris. Ich stehe neben mir. Ich habe, um ehrlich zu sein: Angst!"

„Dann also die Kurzversion mit Knalleffekt. Mord 3 mit den Quallen. Es war der Sohn des Bürgermeisters eines Bergdorfes. Es spielte aber auch noch etwas Persönliches mit, deswegen die Grausamkeit."

Pandis fragte sich, ob man das Verfüttern an Schweine als humane Tötungsart bezeichnen könne.

Aber ja nicht unterbrechen!

„Tat Nummer 4 war die Tötung eines Zigeuners beim Sprengen einer Eisenbahnbrücke. Man wollte die Tat Ausländern in die Schuhe schieben. Diesmal war es kein Linker. Man tötete ihn und platzierte die Leiche am Anschlagsort. Der rechte Amtsrichter aber lenkte die Untersuchung absichtlich in die falsche Richtung. Und jetzt:

Pause.

„Der Richter hieß Pavlos Maglos!"

Der Großvater von Maglos.

„Hallo? Paul? Hat´s Dich umgehauen?"

Paul wusste nicht, was er antworten sollte. Was könnte er mit den Informationen anfangen?

„Du musst Maglos sofort verhaften!", brüllte Aris ins Telefon.

„Das wird schwierig, mein Freund, denn Toten kann man keine Handschellen anlegen."

39

Doch Aris fasste sich schnell.

„Paul, langsam. Ich hab noch was. Damals kamen die Briten nach Xanthi und machten den Partisanen in den Bergen den Garaus. Die Rechten übernahmen die ganze Gegend und gaben den ganzen Ereignissen den Namen ‚Die Schlacht von Xanthi'. Bei denen ist das ein stehender Begriff wie ‚Waterloo' und während der Militärdiktatur hat man sogar neben der Brücke ein Denkmal errichtet. Ein Denkmal für Mörder!"

Aris empörte sich, als wäre es gestern gewesen. Und manche wollten offensichtlich zurück in dieses „Gestern".

Wollte man eine Schlacht um Mykonos?
Ein Drehbuch aus der Vergangenheit, um
den gleichen Ruhm zu ernten?
Die Konsequenz: danach würde die
Goldene Morgenröte verboten werden und
in den Untergrund gehen müssen. Aber
damit kannten sich die Rechten ja aus.
„Was brächte es denen?", fragte Pandis
Angelos.
„Glorifizierung! Heldentum!
Und Paul, erinnere Dich. Bei dieser
unsäglichen Veranstaltung in Panormos
letzten Samstag faselte Bosganos etwas
von ‚früheren siegreichen Schlachten von
Zypern, Epirus und Xanthi'!"

Angelos hatte recht. Pandis erinnerte sich.
War das wirklich erst acht Tage her? Es kam
ihm vor wie eine Ewigkeit. Und noch war es
nicht vorbei.

40

Montagnachmittag 17.00 Uhr

„Sie handeln nach einem Drehbuch? Aber das ist doch absurd. Ein paar Zufälle und ein intelligenter Kommissar" – Nikos lächelte Pandis an – „und man wäre ihnen auf der Spur!"

„Symbolik. Du unterschätzt die Bedeutung der Symbolik für diese Typen. Glorreiche Vergangenheit. Dazu ein Sieg, zumindest in ihren Augen. Was könnte attraktiver sein? Und wer erinnert sich außer denen? Kanntest Du die ‚Schlacht von Xanthi'? Nikos knurrte. „Nein. Nicht wirklich." „Und bisher stimmt das Drehbuch weitestgehend. Natürlich übertragen auf die heutige Zeit. Schwule statt Juden, Flüchtlinge statt Zigeuner. Und die Verbindung zum alten Maglos kannst selbst Du nicht leugnen!"

„Ich war selber skeptisch bis zu Aris´ Anruf, aber das kann kein Zufall sein. Und schon gar nicht, dass man ihn auf Zypern ermordet hat. Hätte er nichts damit zu tun gehabt, warum flüchtet er dann? Warum hat man ihn beseitigt?"

Angelos blickte aus dem Fenster auf die Uferpromenade.

„Was gegen meine These spricht, ist die Tatsache, dass Maglos schlicht zu dumm ist, äh, war, um irgendeinen Plan zu schmieden oder gar ein Drehbuch zu erstellen. Aber das übernahm wohl ein anderer, der die Vorlage übernahm. Und derjenige würde zum Held der ganzen Rechten!"

„Wie ein General, der einen alten Schlacht-plan aus dem Archiv holt?"

Pandis lächelte.

„Das haben viele Generäle getan!", meinte Angelos.

„Nun gut. Nehmen wir es als Arbeitshypo-these. Wenn Du recht hast, dann müsste Bosganos sich bald in Marsch setzen. Es müsste ein Flüchtling oder Schwarzer getötet werden und dann…"

„… sind wir bei einem weiteren Schwachpunkt der These", Pandis nickte. Es gab keine Eisenbahnbrücke auf Mykonos, mangels Eisenbahn. Wohin hätte die auch fahren sollen?

Es gab nicht mal eine große Straßenbrücke. Man könnte das Rathaus auswählen als öffentliches Gebäude, aber das wäre ein Massaker und würde Gemäßigte abschrecken."

Lapidar und vollkommen ruhig sagte
Angelos: „Dann bleibt nur der Staudamm!"
Pandis und Nikos schauten konsterniert.

Angelos war ihnen gedanklich voraus.
Und er hatte recht. Es würde der Vorlage
am ehesten entsprechen. Ein Infrastruktur-
Objekt ohne Opfer, aber mit perfektem
Täter. Große Empörung, richtig kanalisiert –
das wäre für die Morgenröte ideal.

Von nebenan hörte man Giorgos, der seit
Stunden das Signal verfolgte.
„Bosganos setzt sich in Bewegung."

41

Die vier – Pandis, Nikos, Loukas und Angelos
saßen im SUV und verfolgten das Signal.
Giorgos und Jannis hatte Pandis bereits auf
die Hügel um den Staudamm herum
platziert.
Ihm machte die Frage Sorge, ob er den
dritten Mord würde rechtzeitig verhindern
können. Aber die Zielgruppe war groß,
wenn sie denn überhaupt stimmte.
Polizistenschicksal.
„Er holt Bogris ab."
Den Sportlehrer.
Bosganos hielt vor dessen Haus und keine
zehn Sekunden später kam er heraus und
stieg ins Auto.
Sie folgten mit genügend Abstand. SUVs
gab es in Mykonos wie Sand am Meer.
Wozu man überhaupt einen Geländewa-
gen brauchte, war Pandis schleierhaft.
Täglich sah man Fahrer, die fürs Einparken
zehn Minuten brauchten und dann immer
noch schräg zwei Parkplätze blockierten.
Bosganos fuhr nach Kalo Livadi, in das alte
Dorf, und hielt vor dem Haus des Maler-
meisters… Der Name war Pandis entfallen.
Ein junger Mann wartete bereits am Tor. Es
war des Malermeisters Sohn. Der Kommissar

kannte ihn vom Sehen. Aber er war definitiv auf der Veranstaltung in Panormos.

„So. Das Auto ist voll. Nun sollte es losgehen", meinte Angelos. „Sind die Polizeischüler bereit?"

Das Grundproblem jeder Beschattung durch Personen ist die Tatsache, dass man Polizisten problemlos auch in Zivilkleidung erkennen konnte. Sie könnten eine Burka mit Gesichtsschleier tragen – man würde sie entdecken.

Pandis erinnerte sich an die Ankunft der Polizeischüler. Gott sind die jung, dachte er. Die sehen nicht aus wie kommende Polizisten. Das wollte er sich nun zunutze machen.

Er verteilte die Jungs (und zwei junge Frauen) auf die Straßen von Ano Mera. Zwei Viertel hatten dort eine fast rein schwarze Bevölkerung. In dem einen Gebiet wohnten etwa 60, im zweiten knapp 40, alles laut Melderegister. Griechischem Melderegister. Dies entsprach in seiner Genauigkeit einem Wetterbericht für drei Monate.

Pandis hatte den Polizeischülern klarge-macht, dass sie unter keinen Umständen stehenbleiben durften. Niemand würde in diesen Straßen stehen. Man ging entweder hinein oder hinaus. Immer in Bewegung bleiben. Zur Bäckerei und wieder zurück. Der Nächste zum Geldautomat und zurück. Zwei im Auto, die die Straßen abfahren sollten.

Er musste die Morgenröte dazu zwingen, das Opfer *mitzunehmen* und nicht vor Ort zu töten.

Letzteres war ohnehin unwahrscheinlich, denn die Gefahr war zu groß, dass zufällig Zeugen anwesend sein könnten.

Pandis hoffte nur, dass sie mit dem Ziel „Staudamm" richtig lagen. Sonst könnte es trotz Überwachung noch zu einem weiteren Toten kommen.

42

Montagabend, Ano Mera

Um 22.12 Uhr schlug die Morgenröte zu.
Der Pickup hielt neben einem Schwarz-
afrikaner, der mit seiner Einkaufstüte auf
dem Weg vom proton-Supermarkt nach
Hause war. Der Malersohn stieg aus, sprach
den Schwarzen an und schlug dem Opfer
unvermittelt gegen den Solarplexus.
Nathaniel Ogambo sackte zusammen.
Er wurde von zwei Männern aufgefangen,
über die Bordwand geworfen und schon
war Ogambo verschwunden.
Das Ganze dauerte 13 Sekunden.
Blieb aber nicht ungesehen.
Auf dem Bushäuschen lag einer der
Polizisten. Pandis hatte vorher gedacht, es
sei der ideale Standpunkt, um den ganzen
Straßenzug zu überwachen. Es war ein
Dach mit Brüstung, 20 cm hoch.
Flach hinlegen ging. Dort lag der Kollege
aber seit 4 Stunden.
Superlehrstunde.
Warten ist unser Hauptgeschäft, dachte
Pandis.
„Hier Beta 8. Eine 344. Opfer schwarze
Hautfarbe, ca. 1,75 cm, 65 Kilo. Opfer auf

Ladefläche verbracht, Täter fliehen mit
Wagen Richtung Ftelia. Over."
Da konnte Pandis noch etwas lernen.
„Was bitte ist eine 344?"
„Eine Entführung, Opfer verletzt", sagte
Angelos fröhlich.
„Ist wohl alles schon länger her?"
Da hatte er recht.
„Mein lieber Angelos, ich bekomme gleich
einen 741."
„Was soll das denn sein?"
„Ein 741 ist ein Tobsuchtsanfall mit
kardiologischen Begleiterscheinungen."
Und nebenbei: das Wort „verbracht" hatte
er noch nie gehört.

43

Montagabend, Staudamm Panormos

Bosganos´ Wagen fuhr mit normaler Geschwindigkeit Richtung Stadt und bog rechts nach Panormos ab. Auf Höhe des Staudamms bog er rechts ab und fuhr den Feldweg hinunter, zum Fuß des Stau-dammes.

Angelos bog hingegen links ab und fuhr den Hügel hinauf. Da der Weg hinter Felsen lag, war das Risiko entdeckt zu werden gering.

Angelos und Loukas bezogen Position in voller Montur.

„Der Wind könnte bei einem Präzisions-schuss zum Problem werden",

meinte Angelos.

„Dann lass doch mich ran. Vielleicht treffe ich nochmal ins Auge!", sagte Pandis.

Auf der anderen Seite des Staudammes lagen Giorgos und zwei weitere Beamte. Vorgesehen war jedoch, dass Angelos und Nikos den Schusseinsatz übernehmen.

Zwischenzeitlich zerrten Bogris und der Malersohn Ogambo von der Ladefläche und trugen ihn zur Böschung.

„Was machen sie zuerst? Den Sprengstoff anbringen oder Ogambo töten?", fragte Pandis. Es war eine rein rhetorische Frage. Eher eine Lotterie-Frage. Falsche Antwort würde Mord 3 bedeuten.

„Angelos, seid Ihr schussbereit?"

„Positiv" kam zurück. „Sie holen Kisten von der Ladefläche."

Pandis atmete auf.

Der Sprengstoff kam also zuerst. Gott sei Dank.

Viel konnte Pandis durch seinen Feldstecher nicht erkennen. Es war Neumond und sehen konnte er im Grunde genommen nur die dunkle Wasserfläche. Er würde sich ganz auf Angelos, Nikos und Giorgos verlassen müssen.

Bosganos und seine Truppe packten die Kartons aus und deponierten den Sprengstoff neben einem kleinen Abfluss. Im Falle einer Sprengung wäre die Opfer-zahl relativ gering, denn unterhalb des Damms standen nur wenige Häuser. Zudem war der See maximal zur Hälfte gefüllt. Ergebnis eines trockenen Winters.

Aber die Sprengung würde dennoch landesweit für Aufsehen sorgen.

„Ich denke, wir haben genug gesehen – und aufgenommen." Angelos gab Pandis sein Nachtsichtgerät. Fantastisch. Nichts blieb verborgen.

Er müsste unbedingt eines behalten. Präventiv.

Über das Headset war die Stimme von Giorgos zu hören.

„Alpha geht auf Opfer zu. Fertig zum Schuss!"

Nikos sagte nur „Freigabe!".

44

Angelos schoss dem Malersohn in die rechte Schulter. Dieser schrie und die Waffe fiel ihm aus der Hand.

Der Schwarzafrikaner fiel zu Boden – unverletzt.

Bosganos und der Lehrer rannten zu ihrem Pick-up, stiegen ein und rasten los. Ihren Kameraden ließen sie einfach liegen.

Sie rasten den Feldweg nach oben, zogen eine Staubwolke hinter sich her und bogen scharf nach rechts ab.

Richtung Panormos.

Pandis, Nikos, Loukas und Angelos rannten zu ihrem SUV und schossen den Weg hinunter und folgten Bosganos nach links.

Ein Schuss.

Bosganos fuhr und der Lehrer hatte ihr eigenes Rückfenster zerschossen.

Pandis sah Mündungsfeuer. Loukas als Fahrer zog den Wagen nach links. Die Reifen kreischten und weitere Kugeln zogen pfeifend durch die Luft. Angelos auf dem Beifahrersitz schoss zurück. Die Kugeln schossen knapp an Bosganos Kopf vorbei. Jetzt war er es, der die Kontrolle über den Wagen zu verlieren drohte. Er knallte links gegen die Reihe Müllcontainer, die vor der Kuppe nach Panormos standen.

Wieder Mündungsfeuer vom Beifahrersitz.
Dann gab es einen dumpfen Schlag, wie
wenn ein Hammer auf Fleisch auftrifft.
Nikos schrie und sackte nach vorne.
Oh Gott, dachte Pandis.
„Anhalten! Das ist es nicht wert!" Aber er
hatte keine Chance. Bei dem Lärm konnte
ihn keiner verstehen. Pandis sah, dass Nikos
aus einer Wunde in der Brust blutete. Das
Blut schäumte und war hellrot. Das hieß, die
Lunge war getroffen. Aber Loukas konnte
den Wagen nicht stoppen.
Angelos zielte, aber er schoss nicht.
Er zielte weiter.
Verflucht, gleich verschwinden die Mörder
hinter der Kurve.
Angelos schoss.
Man sah, wie der Kopf auf dem Beifahrersitz
regelrecht explodierte.
Durch die Stütze hindurch.
Wieder zog Bosganos den Wagen nach
links, diesmal eine Spur zu weit. Er prallte
gegen einen Felsen und wurde auf die
Straße zurückgeworfen. Dann ging es rechts
den Abhang hinunter. Das Auto überschlug
sich mehrmals. Es schien eine Ewigkeit zu
dauern. Überschlag auf Überschlag. Bis der
Pickup – oder besser: dessen Reste – in
einer riesigen Staubwolke zum Stehen kam.
Am Rand des Parkplatzes des Principote.

Loukas raste die Straße hinunter und rechts in die staubige Parkplatzeinfahrt.

Er bremste scharf hinter dem Wrack.

Angelos stieg aus und hielt seine Waffe auf das Wrack. Aber da rührte sich nichts.

Das kann er nicht überlebt haben, dachte Pandis. Da hörte man ein Stöhnen wenige Meter oberhalb des Wracks. Da bewegte sich etwas.

Bosganos.

Er war aus dem Wagen geschleudert worden und hatte wohl deswegen überlebt.

Vorsichtig näherte sich Angelos dem Körper. Doch Bosganos war keine Gefahr mehr. An mehreren Stellen sah man offene Knochenbrüche und er hatte eine schlimme Wunde am Kopf.

„Gesichert", schrie Angelos.

„Heli Panormos Parkplatz. Agent schwer verletzt", brüllte Angelos in das Funkgerät. Nikos atmete schwer und es rasselte. Wie im Film, dachte Pandis. Es rasselt auch in Wirklichkeit. Er musste ihn wachhalten. Nicht weggleiten lassen!

Vom Strand her hörte man das Heulen eines Motors. Ein Schnellboot raste in die Mitte der Bucht und dann links aufs offene Meer hinaus.

Offenbar hatte man einen Shuttle-Service nach getaner Arbeit bestellt. Doch Bosganos Helfer hatten wohl dessen Rolle talwärts gesehen und beschlossen, das Weite zu suchen.

Soviel zur Kameradschaft.

Als Pandis ausstieg, sackten ihm die Knie weg. So etwas blieb ihm hoffentlich in Zukunft erspart. Zwanzig Zentimeter weiter links und er hätte jetzt einen Lungendurchschuss.

Er öffnete die Tür auf der anderen Seite und zog Nikos nach draußen. Pandis drückte wieder auf die Wunde, ohne zu wissen, ob dies bei der Lunge überhaupt etwas brachte. Aber mehr konnte er nicht tun.

Es würde jedoch nichts helfen. Der nächste Hubschrauber stand in Naxos. Er käme nicht mehr rechtzeitig hierher, geschweige denn nach Athen.

Sie hätten damit zufrieden sein sollen, einen Mord und eine Sprengung verhindert zu haben. Zwei gute Taten.

Die Jagd nach den Mördern würde ein Menschenleben kosten. Man hätte Bosganos und Konsorten schon noch erwischt. Zu einem späteren Zeitpunkt.

„Durchhalten, Nikos!"

Der lächelte gequält.

„Nicht sprechen, Nikos!"

Angelos und Paul trugen den verletzten Bosganos hinunter und legten ihn nicht neben Nikos. Sie warfen ihn an den Rand des Parkplatzes.

Wie ein Stück Dreck. Der er auch war.

„Für den hier reicht ein Krankenwagen und der braucht sich auch nicht beeilen. Wenn Nikos stirbt, verpasse ich ihm ohnehin eine Kugel", sagte Angelos.

Da hörte man das Geräusch.

Wo kam der Hubschrauber plötzlich her? Es war noch keine zwei Minuten her, dass wir ihn gerufen hatten, dachte Pandis. Auch wenn es sich wie Stunden anfühlte, es waren nur zwei Minuten.

Die Bedingungen für eine Landung waren schwierig. Der Parkplatz war lediglich 15 m breit. Auf der einen Seite die Dünen mit Felsen, auf der anderen Seite der steil ansteigende Berg, dazu aufkommender Wind.

Pandis ging hinter dem Wagen in Deckung, um dem Staubwirbel zu entgehen. Er versuchte, Nikos´ Wunde mit der Automatte abzudecken.

Zwei Mann in Uniform sprangen aus dem Hubschrauber, stießen Pandis zur Seite und versorgten Nikos, der Gott sei Dank noch bei Bewusstsein war.

„Wo kommen die denn her?", fragte Pandis Angelos.

„Wir hatten ihn vorsorglich auf dem Flughafen geparkt."

Wovon Pandis nichts wusste.

Nun, dafür ist ein Geheimdienst wohl da. Dass nicht jeder alles wusste.

Bosganos hingegen würde auf den Krankenwagen warten müssen. Und der wäre frühestens in 15 Minuten da. Keiner der Männer kümmerte sich um ihn.

Nikos wurde auf die Trage geschnallt, ein Mann hielt eine Infusion.

„Nikos! Denk dran!"

Nikos hob tatsächlich den Kopf leicht an.

„Für König und Vaterland!", sagte Pandis. Er lächelte.

Dann begann es zu regnen.

Das ganze Jahr regnet es nicht, dachte Pandis. Aber ausgerechnet heute.

Angelos und Pandis rannten zu ihrem Wagen, der zentimeterdick mit Staub bedeckt war und keine Windschutzscheibe mehr hatte.

Augenblicklich schüttete es wie aus Eimern.

Pandis blickte aus dem Fenster auf Bosganos, der schutzlos im Regen lag.

Er stieg aus, schnappte sich die Automatte
und legte diese über den blutüberströmten
Körper.
Verdient hatte Bosganos diese Fürsorge
nicht, aber einfach sterben lassen konnte er
ihn auch nicht.
Durch die tiefhängenden Regenwolken
konnte man das Blaulicht des Kranken-
wagens sehen. Endlich!

Es war ein junger Arzt, der beim Anblick des
Verletzten wie gelähmt schien.
„Ich habe noch nie solche Wunden
gesehen. Da war Gott aber nicht gnädig!"

Pandis schaute den Arzt finster an.
„Er hätte Gnade auch nicht verdient!"
„Er wird wahrscheinlich ohnehin nicht
überleben. Der Blutverlust ist einfach zu
hoch."

45

„Giorgos!", rief Pandis ins Funkgerät.

„Alpha wird gerade in die Klinik gefahren."

„Alpha?"

„Alpha! BOSGANOS!"

Des Kommissars Nerven waren eindeutig und nachhaltig geschädigt.

Ich bin auf dieser Insel fast ertränkt und fast erschossen worden. Langsam konnte er Katsakis´ Abneigung gegenüber Mykonos verstehen.

„Sorry, Chef. An den Geheimdienst-Mist kann ich mich nicht gewöhnen."

„Schon gut. Sorge dafür, dass die Klinik und das Zimmer bewacht wird. Nimm die Polizeischüler. Und organisiere deren Abfahrt für Mittwoch. Und morgen Vormittag eine Meldung ins Netz, dass die Gefahr vorüber ist. Die Täter wurden gefasst und nach Athen überstellt. Pressekonferenz um 14 Uhr. Und sagen Sie dem Klinikpersonal, dass nichts nach draußen dringen darf. Sie sollen also das übliche Getratsche lassen."

Denn eine ärztliche Schweigepflicht gab es nicht. Nicht auf dieser Insel.

Auf der Fahrt nach Hause fiel die Anspannung ab und Pandis begann zu zittern. So heftig, dass er anhalten musste.

Er dachte an Nikos, der auf dem Weg nach Athen war. Hoffentlich würde er überleben.

Und er dankte Gott dafür, dass die Kugel Nikos und nicht Angelos getroffen hatte.

46

Montagmittag

Es war ein medizinisches Wunder.
Trotz eines doppelten Schädelbruchs, einer
zertrümmerten Hüfte und erheblichem
Blutverlust hatte Bosganos überlebt. Ob er
je wiederhergestellt werden würde, war
aber zu bezweifeln.
Eingepackt wie eine Mumie lag er auf
Zimmer 8 im Hygeia-Krankenhaus.

Unten vor der Klinik holte ein junger Mann
sein Handy aus der Tasche.
„Kommissar Pandis. Bitte sagen Sie dem
Kollegen, der vor Zimmer 8 Wache hält, er
möge bitte zum Kiosk hochkommen, ich
hätte noch einen Auftrag für ihn. Vielen
Dank!
Zwei Minuten später sah er, wie ein junger
Polizist den Berg hinauf zu dem kleinen
Laden lief.
Der junge Mann betrat die Klinik und ging in
den ersten Stock. Er wusste, dass die Klinik
nur zehn Zimmer hatte. Mehr war auf einer
kleinen Insel nicht notwendig. Zudem gab
es noch andere Kliniken für einfachere
Fälle. Schwierige wurden ins Hygeia

eingeliefert, nur dort hatte man CT und MRT.

Er betrat Zimmer 8, eines von zwei Intensivzimmern. Dort lag eine Gestalt, von der man nur den Mund sah. Der Rest des Körpers war bandagiert und verdrahtet.

Der junge Mann trat näher.

Und rammte dem Patienten einen Eispickel in das Herz.

Er verließ die Klinik und griff erneut nach seinem Handy.

„Polizei Mykonos, Pandis!"

„Hallo Paul, ich bin´s, Miguel. Bosganos ist tot. Und ich habe ihn ermordet."

47

Miguel hatte aber lediglich die Schlagader getroffen. Auch tödlich, aber eben nicht sofort.

Bosganos umgab Dunkelheit.

Plötzlich wich sie gleißendem Licht.

Weiß, nichts als weiß.

Und dann begann er zu erkennen:

Ein Tor. Davor eine Art Anmeldung mit einer bildhübschen, jungen Frau.

„Herzlich willkommen im Himmel!"

Just in dem Moment kam Vasilios durch die Türe, in weißem Gewand und wie früher leicht tänzelnd.

Was macht der denn hier?

Die gleiche Frage stellte er der Rezeptionistin.

„Ach, das ist Vasilios!"

„Das weiß ich. Ich habe ihn schließlich … ach, lassen wir das."

„Er sitzt zu Füßen des Herrn und ist für dessen Unterhaltung zuständig."

Bosganos missverstand die Erklärung und war entsetzt.

„Junge Frau, wo geht´s denn hier zur Hölle?"

Da würde er sich bestimmt wohler fühlen.

„Der Express-Aufzug in der Mitte!"

Bosganos war schon auf dem Weg, als er
sich umdrehte und fragte:
Sagen Sie mal, wohnt da unten ein
gewisser Adolf?"

Dann wurde es wieder dunkel.
Und Bosganos starb endgültig.

48

„Um Gottes Willen, weißt Du, was Du getan hast? Er wäre vielleicht ohnehin gestorben!", schrie Pandis.
Miguel, der Barkeeper des „Apollo", saß völlig ruhig auf dem Stuhl im Revier.
„Wäre er nicht. Leute wie der überleben alles. Dreck ist langlebig."
„Du hast Dein ganzes Leben ruiniert, Junge. Ich kann Dir nicht helfen, verstehst Du das?"
Miguel lächelte.
„Das habe ich von Dir auch nicht erwartet. Aber er hat mir das genommen, was mir am Liebsten war."
Pandis dachte an Vasilios und konnte sich nicht erklären…. Gut, Liebe kann man nicht verstehen.
„Stell Dir vor, Deinem Angelos wäre so etwas passiert!", sagte Miguel. „Du würdest für ihn auch töten!"
Oh, wenn Du wüsstest …

Pandis fuhr zur Klinik.
Er sprach lange mit dem Oberarzt, Doktor Karamanlis.
Der hatte ihm eröffnet, dass der Patient verstorben sei, an einer neuen Verletzung, die ihm erst vor einigen Stunden beigebracht wurde. Der Mörder hatte den

Monitor ausgeschaltet, so wurde der Tod
erst beim Routinedurchgang von der
Schwester bemerkt. Bis der junge Polizist
wieder in der Klinik war, hatte der Täter
schon das Weite gesucht. Der Polizeischüler
hatte am Kiosk gewartet, ging aber nach
zehn Minuten zurück, völlig arglos. Er setzte
sich vor Zimmer 8, bis bei Beginn des
Nachtdienstes und dem Rundgang, die
Schwester plötzlich zu schreien begann.
„Kein Ruhmesblatt für uns", meinte Pandis.
„Für uns auch nicht", erwiderte Karamanlis.
„Auf den Beinamen ‚Mordklinik' könnte ich
gerne verzichten."
Zehn Minuten später fuhr Pandis zurück
Ins Revier.
Miguel saß noch immer auf dem Stuhl und
war offensichtlich mit sich im Reinen.
Pandis setzte sich und sah Miguel minuten-
lang an.
Der Kommissar rang mit sich.
Das Leben eines mehrfachen Mörders
gegen das eines jungen Mannes, der
Traumatisches erlebt hatte.
Andererseits war es gerade eine der
wichtigsten Aufgaben der Polizei, Selbst-
justiz zu verhindern.
Pandis öffnete den Mund und konnte selbst
nicht glauben, was er sagte:
„Hau einfach ab, Junge

49

Montagabend

Nicosia-Süd, Zypern

Das Regengebiet hatte sich von Mykonos Richtung Süd-Osten verzogen. Nun traf es Zypern. Es schüttete wie aus Kübeln.
 Miguelos Tsipras, Leiter des SWAT-Teams des zyprischen Innenministeriums, fluchte. Monatelang hatte es nicht geregnet, die ganze Insel war bei über 40 Grad regelrecht verbrannt.
Und nun das!
Regen bedeutet schlicht: Höheres Risiko für seine Männer. Man sieht – trotz der Nachtsichtgeräte – weniger. Man rutscht aus – und schon trifft einen die tödliche Kugel. Und schlechtes Wetter hieß schließlich: den bereitgestellten Hubschrauber konnte er vergessen. Bei den Böen war an Fliegen nicht zu denken.
Dabei stand ihm der wichtigste Einsatz des Jahres bevor. Und da es auf Zypern nicht viele gab, durfte nichts schiefgehen.
Der letzte SWAT-Einsatz galt einem russischen Mafioso, der aber friedlich im Bett mit seiner ukrainischen Nutte lag.

Geschossen hatte Tsipras in diesem Jahr noch überhaupt nicht.

„Zugriff!"

Zwei gepanzerte Fahrzeuge setzten sich in Bewegung, in Richtung der nach außen so unscheinbar wirkenden alten Autowerkstatt.

Von rechts näherten sich Beamte mit Sturmgewehren.

Dann schien das Tor zu explodieren.

Das SWAT-Team rückte in das Gebäude vor.

Tsipras vernahm einen Schusswechsel.

Trotz des prasselnden Regens waren Schreie zu hören.

Aus dem Funkgerät drang das erhoffte Wort: „Gesichert. Ein Leichtverletzter."

Tsipras verließ den Kommandowagen und ging in das Gebäude hinein. Das Tor war wie Wellpappe nach oben gewickelt.

Im ersten Raum lagen zwei Vermummte. Beide waren tot.

Seine Männer trieben mehrere Männer vor sich her.

Dann betrat er den zweiten Raum.

Unglaublich, was die Herren von der Morgenröte so alles besaßen.

Neueste Waffen, die neueste IT – die waren besser ausgestattet als seine Truppe.

Tsipras war klar, dass es in Athen ein
Aufatmen geben würde.
Besonders bei seinem Freund Nikos.
Seit Mittag wusste Tsipras, dass er überleben
würde. Sonst hätte er keine Gefangene
gemacht.
Sie hatten Glück gehabt: nur, weil der Idiot
Maglos den schnellen Weg nach Zypern
per Flugzeug wählte, hatten sie am
Flughafen Larnaca seine Verfolgung
aufnehmen können. Der Sender, den man
beim Bagage Claim in sein Gepäck
hineingeschmuggelt hatte, führte sie direkt
zu der früheren Werkstatt.

Und für seine Dummheit und Bequem-
lichkeit hatte Maglos den ultimativen Preis
bezahlt.
Kopfschuss mit anschließender
Deponierung auf einer Müllkippe in den
Bergen.

50

„Herzlichen Glückwunsch!"
Es war Nikos, der sich noch sehr schwach
anhörte.
„Nikos! Wie geht es Dir?"
„Wenn Du Dich vor mich geworfen hättest,
ginge es mir besser, Paul!"
Kommissar Pandis lachte.
„Das wäre dann doch zu viel verlangt. Mich
hätte man nicht mit dem Hubschrauber in
eine Privatklinik geflogen!"
„Es lebe die private Krankenversicherung",
sagte Nikos.
Private Krankenversicherung? Als normaler
Polizist konnte man sich so etwas nicht
leisten, dachte Pandis.
Nicht von seinen 845 Euro als Kommissar.
„Also nochmal Glückwunsch!"
„Zu was?", fragte Pandis erstaunt.
„Na zu Deiner Beförderung!"
Beförderung? Zurück nach Piräus?
Mehr Geld?
„Sag bloß, Du weißt es noch nicht?"
„Nein, ich bin ja auch nicht beim Geheim-
dienst!"
Piräus. Bitte lass mich zurück nach Piräus.
„Du wirst Polizeipräsident!"
In Piräus? Juhuu!
„Polizeipräsident der Kykladen?"

„Was? Den Posten gibt es doch gar nicht!"
Nikos lachte.

„Eben. Man hat ihn extra für Dich erfunden.
Aber der Sitz wird in Mykonos sein. Du
brauchst also in Zukunft nicht mehr in Naxos
fragen. Was Du eh nie getan hast!"
Pandis war sprachlos.

Da hatte er zehn Sekunden Hoffnung,
wieder in seine Heimatstadt zurückkehren
zu können.

„Mit mehr Gehalt?" Pandis ahnte die
Antwort.

Nikos lachte.

„An was glaubst Du denn? Beförderung
UND mehr Geld? Nein, nein!"

„Also für König und Vaterland!"

„Eher für den Premierminister und
Vaterland!"

Pandis schnaubte. Der Premierminister war
Linker. Nicht seine Partei.

„Aber es gibt trotzdem mehr Geld für die
Familie Pandis. Angelos wird befördert."

Unter normalen Umständen hätte Pandis
getobt wegen der ungerechten
Behandlung. In diesem Fall jedoch …

… freute er sich!

„Super. Hat er auch verdient. Seine Theorie
war richtig und hat Menschenleben
gerettet!"

„Zweifellos. Sag mal, ich habe so ein Gerücht gehört – und zwar nicht von Angelos -, dass der Tod von Bosganos etwas mysteriös war. Du hast nicht zufällig wieder mal Selbstjustiz walten lassen?"

Die wissen wirklich alles, *dachte* Pandis.
„Ich habe keine Ahnung, was Du meinst!",
sagte Pandis.
„Genau das wollte ich hören!"

51

Donnerstagnachmittag, 16 Tage nach dem ersten Mord

„Ich habe Richter gespielt und das darf ich nicht!"
Pandis und Angelos saßen wie so oft im Café da Vinci.
„Du hattest abzuwägen und hast Dich für das Leben eines jungen Menschen entschieden. Und im Gefängnis hätte der Junge kein Jahr überlebt. Du weißt, was dort…"
„Ich weiß, Angelos. Sonst hätte ich es nicht getan. Und ich kann niemanden wegen Selbstjustiz ins Gefängnis schicken, wenn ich zwei Tage vorher die gleiche Tat begangen habe, Und das Ganze mal zwei!"
„Mit dem Zusatz, dass es sich in beiden Fällen um Abschaum und Mörder gehandelt hat!"
Pandis war müde. Nicht nur körperlich.
„Noch einmal zwei Wochen wie diese und ich quittiere den Dienst."
„Und was möchtest Du dann werden, mein geliebter Ehegatte?"
Pandis lachte.
„Scharfschütze? Hast Du meine beiden Präzisionsschüsse vergessen?"

Angelos grinste.

„Nein. Die bleiben bemerkenswert. Aber das warst nicht Du!"

Und damit hatte er recht.

Was immer an jenem Abend geschehen ist, war ihm unbegreiflich. Er handelte in kaltblütiger Weise. Ohne Zweifel und vor allem ohne Reue hinterher.

„Du würdest jeden töten, der ...", setzte Angelos an.

„... Dir etwas antut. Ja. Den Beweis hast Du ja gesehen! Warst Du entsetzt? Du hast mich danach so zweifelnd angesehen."

Angelos sah hinaus aufs Meer und sagte: „Oh, Du Idiot! Ich habe nicht gezweifelt, geschweige Dich verurteilt. Ich habe daran gedacht, was Dir hätte passieren können, wenn die eine Waffe gehabt hätten. Aber Du hast keine Sekunde gezögert. Ich war und bin stolz und glücklich.

Wer für einen tötet, der muss denjenigen sehr lieben!"

Er machte eine kleine Pause.

„Aber ich kann es ja verstehen, denn ich bin einfach ..."

„... der Beste!", ergänzte Paul.

Und beide lachten lauthals.

Sie hatten noch 97 glückliche Tage vor sich.

Hinweise

Die Goldene Morgenröte ist eine rechtsradikale Partei, die bei den letzten Wahlen knapp 7% der Stimmen holte. Wegen verschiedener Gewalttaten ist ein Verbot im Gespräch. Die Morgenröte ist nicht mit der AfD vergleichbar, was diese aber nicht verharmlosen soll.

Der griechische Geheimdienst heißt EYP. (Ethniki Ypiresia Pliroforion).

PERSONENREGISTER

Paul Pandis	Kommissar
Giorgos und Yannis	Seine Mitarbeiter
Eleni Papadopoulos	Pandis´ Ex-Frau
Aris	Pandis´ bester Freund
Nikos	Abteilungsleiter beim Geheimdienst EYP
Angelos	Pandis´ Ehegatte und Scharfschütze beim EYP,
Bosganos	Vorsitzender der Gold. Morgenröte auf Mykonos
Maglos	Dessen Handlanger
Wiesenhof	Mordopfer 1 Tourist
Vasilios	Mordopfer 2 Hoteldirektor des „Apollo"
Miguel	Dessen Liebhaber

GRIECHISCHE BRANDUNG

Der Mykonos-Krimi 1

Es waren noch zehn Meter, zehn endlose Meter.
Hinter sich hörte er heftiges Schnaufen.
Sie kamen näher.
Als er den Hof erreicht hatte, packte ihn eine
Hand am Hemdkragen. Er kam nicht mehr
voran.
Fünf Meter vor dem Ziel.
Plötzlich spürte er einen furchtbaren Schlag von
vorne.

Und er hörte ein Krachen. Nein, er hörte und
SPÜRTE ein Krachen.

In der Regel lautet bei einem Mord die
entscheidende Frage: Wer ist der Mörder?
Nicht so im vorliegenden Fall. Kommissar Paul
Pandis von der Inselpolizei Mykonos quält
zunächst ein anderes Problem: Wer ist das
Opfer?
Als er es endlich herausfindet, ist ihm klar, dass
dies keine normale Ermittlung wird.

JENSEITS VON MYKONOS

Der Mykonos-Krimi 2

Es war vorbei.
Seine Füße begannen zu versagen.

Immer wieder Wasser. Salzwasser. Es rann die
Speiseröhre hinunter und brannte im Magen.
Sehen konnte er auch nicht mehr viel. Das Salz
brannte auch in den Augen.
Er merkte, dass er immer öfter unterging.
Wer hat mich verraten? WER?
Dann kam die Erkenntnis: Es ist egal. Denn Du
bist tot.

Kommissar Paul Pandis steht ratlos in einer
Kunstgalerie.
Auf einer Skulptur, einem blauen Stier, hängt
eine Leiche, der Galeriebesitzer.
Und der war 94 Jahre alt.
Schnell ist Pandis klar, dass hier die
Vergangenheit ihre Schatten wirft.

MYKONOS
LOVE STORY 1

Der Mykonos-Krimi 5

Die brennende Gestalt taumelte und fiel
mit einem Zischen zu Boden.
Ein letztes Stöhnen und es war vorbei.

Kommissar Paul Pandis steht vor einem
Rätsel. Ein gewöhnlicher Buschbrand
entpuppt sich als Doppelmord.

Doch Pandis hat noch ein Problem:
Er hat sich verliebt. In seinen Kollegen
Angelos. Ein Coming-Out mit 53!
Sein Leben wird zur Achterbahn, aber auch
zur glücklichsten Zeit seines Lebens.

MYKONOS LOVE STORY 2
PREQUEL 1

Der Mykonos-Krimi 6

High Society wie die Kunstwelt blicken nach
Mykonos. Ein bisher verschollen geglaubtes
Zaren-Ei soll auf der Insel ausgestellt
werden.
Ein Sicherheits-Alptraum für Kommissar Paul
Pandis.
Dennoch: zumindest keine Mordermittlung.
Zunächst.
Dann wird auf einer Yacht eine weibliche
Leiche gefunden.
Es ist Pandis´ Ex-Frau.
Und die war zuvor wenig begeistert davon,
dass Pandis nun mit einem Mann
verheiratet ist.

MYKONOS LOVE STORY 4
PREQUEL 3

MYKONOS SPEED

Der Mykonos-Krimi 8

Gas, Gas!
Der Motor röhrte.
Die Reifen qualmten.
Dann bekamen sie Grip.

Der Ferrari wurde immer schneller.
Passierte das Ortsschild.
Vor ihm der große Kreisverkehr.

Pedal, kein Druck, Erstaunen.
Pedal, kein Druck, Panik.
Dann flog er über das Geländer und
krachte in das Denkmal.
8 Min 42 Sekunden von Ano Mera.
Das war neuer Rekord.
Es war sein letzter.

Kommissar Paul Pandis und Ehemann
Angelos halten es zunächst für einen

Verkehrsunfall. Das Unangenehme: Das
Opfer ist der Sohn des Bürgermeisters. Doch
der Wagen war gestohlen. Und es
Ist beileibe nicht der erste verschwundene
Ferrari auf der Luxus-Insel.